嫵媚

廖玉蕙　著

蔡全茂　圖

放眼看去，盡皆嫵媚

——《嫵媚》重排新版有感

過完年，一切的繁華彷彿隨著濕冷的天氣轉為蕭颯。就在窗外雨聲滴答中，我重新複習了這本十六年前的舊作，許多的往事排山倒海席捲過來。

這是我第一回應邀持續一年的專欄撰寫，每星期一篇的時間壓力；題材揀選的踟躕；專欄結束後的悵然若有所失，在在宛然在目。這些篇章的寫作模式，大致有跡可循——串連幾個觀察到的小故事來凸顯群己關係中的某些現象。如今回顧，才驚覺這些文章其實正一步一步蜿蜒趨向我人生裡的重要目標，似乎諭示了其後十六年裡，我的寫作當亦步亦趨隨著《嫵媚》這本書的基調向外伸出觸角。

從那次的專欄之後，我陸續應邀寫作了無數的專欄，內容的眉目日益清晰，總圍繞社會關懷的層面，追根究柢則是履踐我多年來所秉持的教育理想，無論親子教育、社會教育抑或文學教育。重校這本書，勾引出我四十初度時的某些近身觀察與遠距歸納，如今重新展閱，感覺恍惚迷離，似熟悉又陌生。

因為是有系統的專題寫作，我開始將目光灼灼鎖定兩個字可概括的現象，有個人的親身體悟如拜金的親眼目睹、拒絕的荒謬手法；有群眾的集體觀察，如偏見的鴻溝、標語的變化；從極小的親子互動模式到廣泛的社會發展趨勢。

《嫵媚》初次出版時，是循原貌出現，以文章刊登時間為序，逐篇出現，並未加以分類。此次重刊，為了便於讀者閱讀思考，特地加以分類：第一輯，珍愛人際的嫵媚；第二輯，接受自我的誠意；第三輯，面對世界的荒謬。雖則如此，分類還是不免流於概括，證明所有的類別都無法壁壘分明。

題為《嫵媚》，是真心喜歡辛棄疾〈賀新郎〉詞中「我見青山多嫵媚，料青山見我應如是」的人間觀照和所映照的人際要訣——主動與善意；也期待從今爾後，無論是你是我，都能放眼看去，盡皆嫵媚。

廖玉蕙　二〇一二年二月

秋波（初版自序）

戰戰兢兢接下為期一年的中國時報人間副刊《三少四壯》專欄寫作工作，對一向疏懶的我，無疑是一次最具挑戰性的考驗。我必須坦白招認，每個禮拜至少有兩天的時間，我會陷入躁鬱焦慮的情緒裡，不停埋怨生命的無趣、艱苦，嚴重的時候，甚至壞心眼的祈禱報社最好突生變故。有兩次，編輯為了因為製作專題而不得不讓專欄停刊來電致歉，我差點兒欣喜的流下眼淚，隔空和她擁吻。

最最嚮往閒情逸趣生活的我，像被宣判一年刑期般的接受酷刑。日子過得從未有過的矛盾：度日如年卻又歲月如梭。每次繳完當周文字，便像數饅頭想回家日子的阿兵哥，覺得五十二周，真是遙遙無期！但是，似乎稿子剛繳出，瞬間繳稿期限又飛奔而至，幾乎讓人喘不過氣來。然而，奇怪的是，當被告知專欄即將結束，卻意外的不感到一絲的欣喜，反倒惆悵得無法言宣！原來，說再見是一件這麼難受的事，即使是跟難過說再見，也還是難受啊！

古往今來，道別的姿態千萬種，大都呈現出依依難捨的離情。徐志摩雖然走得瀟灑：揮一揮衣袖，不帶走一片雲彩，但字裡行間仍不難尋出淡淡的惆悵；張愛玲最悲涼，只剩一個蒼涼的手勢；柳永最纏綿：「執手相看淚眼，竟無語凝咽」；《紅樓夢》中，寶玉在雪地裡倒身下拜，叩別老父，感覺最是悲壯；而我最喜歡的是王實甫《西廂記》裡，張生的一句唱辭：

「怎當他臨去秋波那一轉！便是鐵石人也意惹情牽！」

相較於前述充滿悲情的「手足」告別，崔鶯鶯用雙眼放射致命吸引力的離去方式，充滿了小人物的喜劇風情，而我多麼期待在這專欄即將結束的時刻，也能像鶯鶯般，風情萬種的以勾魂攝魄的臨去秋波，讓讀者牽腸掛肚的思念著。然而，人生終究只是人生，戲劇的風華難現，我只能像小時候結束演講時那樣，傻傻的併攏雙腳、端正的深深一鞠躬，然後向讀者說：

「謝謝！」

真的得說謝謝。讀者，識與不識者的鼓勵。一年來，我將寫作的主題鎖定在人際關係的探討上，以平日所見所聞入文，雖然不擇手段的湮滅證物，甚至不惜為人物化濃妝，企圖瞞過當事人，卻仍有幾回，當場人贓俱獲的被逮個正著，虧得親戚朋友都雅量能容，頂多以「留校察看」議處，至今尚未有「開除友誼」者，人際關係幸未完全破裂。

學生們最可愛。中正理工學院的學生常在B.B.S.站上，胡亂「阿諛」，給我打氣最多；東吳的學生心思最細膩，精緻的卡片上滿是甜蜜的「讀後心得」；一回，我在文章中稍對今日學生的「尊師重道」有所感喟，馬上接到一封來信，信後憂心的問：

「老師！難道您也對我們失望了嗎？」

我看後，心有戚戚。事實上，學生一直是我最寄予厚望者，因為「望」厚，所以難免求全，正所謂「愛深責切」也。

專欄結束，家人全鬆了口氣。孩子們控訴：

「專欄沒結束，受害者是我們哪！您成天緊張兮兮，害得我們也沒好日子過！」

外子眼睛都笑瞇了，淨說著八點檔連續劇般的臺辭：

「寫完就好！寫完就好！」

話裡玄機，諱莫如深，不易參透。

專欄即將結束，九歌出版社蔡文甫先生說：

「集結出書吧！」

於是，書名題曰：《嫵媚》。希望不只臨去的秋波嫵媚，而且從今看去，萬事皆嫵媚。

——一九九七年五月二十二日

目錄

輯三

面對世界的荒謬

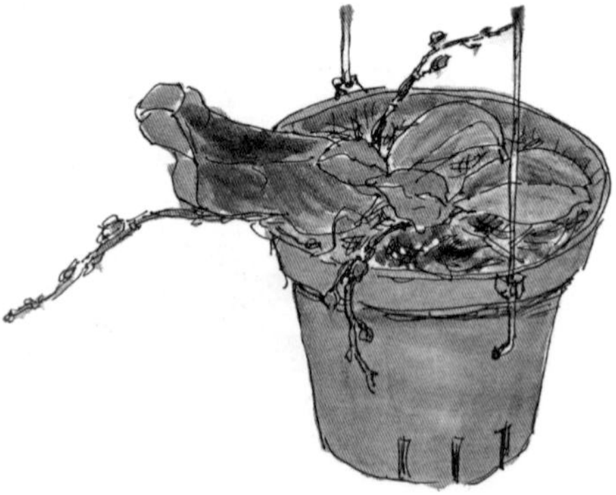

輯一

珍愛人際的嫵媚

送禮

多年前看到一篇文章，已不記得是哪位作者寫的，卻是印象深刻：

一位男子，一心想為過大壽的母親準備一份她真正需要的禮物。他搜盡枯腸，想到母親常抱怨現在時興的化妝品讓她多添了許多黑斑。對往日的新竹粉餅，不勝思念之情；而尼龍製的髮網也勾掉她不少頭髮，哪能和以前線勾的髮網相比。於是，他趁出差之便，在新竹的大街小巷轉了好幾回，總算在一個小百貨行找到兩塊粉餅，而髮網則踏破鐵鞋無覓處，太太知道後，慨然拔刀相助，決定自己動手。大壽那日，兄弟姊妹打戒指者有之，買香水者有之，買化妝品者有之，老母獨獨鍾情那兩塊新竹粉餅、兩張線勾髮網。

母親節前的課堂上，我轉述了這則動人的故事，並明知故問那群大二的學生：

「為什麼那份禮物教母親感動得老淚縱橫？知道嗎？」

聰明的學生異口同聲的回說：

「因為裡面有心。」

於是，我花了些時間提醒，母親節到了，買禮物時，切莫為商人的噱頭所惑，應多用一份心思。

母親節過後，課堂上再度碰頭。我隨手指定一位男同學發表他的母親節禮物，他抓頭搔耳，踟躕半晌，突然語出驚人的說：

「我都被老師害慘了！」

大夥兒都大吃了一驚，齊齊追問原委。他說：

「我就是聽老師的話嘛！拚命回想母親到底喜歡什麼東西。想來想去，忽然想到，小時候，母親總是拉著我的小手上市場買菜，東轉西轉，最後總不忘繞到街角一家甘蔗店去削一枝甘蔗回去，然後，我坐小板凳、母親坐門檻，我們母子二人便對著一只鋁盆子吃將起來。我確定母親是喜歡吃甘蔗的，因為到現在我還記得我們一起吃甘蔗時，母親那張幸福的臉。想到這兒，我便決定扛一枝甘蔗回去孝敬她老人家。」

同學全被他勾起了興致，聚精會神的聽著。他頓了一頓，接著說：

「誰知，當我扛著一枝甘蔗到門口，按過門鈴，母親前來應門，看到是我回來，興奮的咧嘴笑說：啊！回來得這麼早。我大吃一驚！怎麼媽媽的牙齒全沒了！我期期艾艾的問：媽！您的牙齒呢？母親害羞的摀著嘴說：啊！放在水槽啦！你的電鈴按得那麼急，我正在刷假牙，還沒刷好呢！我納悶的問她：你什麼時候裝的假牙？母親說：七年囉！」

聽到這兒，同學全笑翻了。我問全班同學：

「媽媽裝了假牙七年，還扛甘蔗回去折騰她，這樣的兒子有心嗎？這件事是老師害的嗎？」

同學們又異口同聲的笑說：

「他的心給狗吃了，這件事當然是老師害的。」

我惱羞成怒的指著一位聲音最大的男生說：

「你別笑得那麼猖狂！你又送了什麼禮物？」

他慢條斯理的站起身，滿不在乎的說：

「我送錢，我媽媽最愛錢。小時候，家裡環境狀況不好，媽媽成天寒著一張臉，我們小孩子都很識趣的躲得遠遠的，只有爸爸領薪那一天，媽媽會露出難得的笑容。後來，經濟狀況改善了，可是，我媽媽還是只要一看到錢，眼睛就笑瞇了。所以，我送錢。」

其後，為了這位愛錢的媽媽，班上同學展開一場激烈的舌辯。有的指責同學應體恤大人的艱難，不應醜化母親的形象；有的控訴大人的缺乏自制力，給無知的小孩造成精神上的恐慌，有的則就母親拿錢以後的用途加以分析歸納，原本輕鬆的氣氛突然變得凝重。這時，一位胖呼呼的同學站起來說：

「幹嘛！批鬥大會啊？我來下結論：送禮本來是很簡單的事，現在之所以變得那麼難，完全是老師害的！」

這是什麼爛結論！我正待申訴，居然全班鼓掌稱善。我只有張口結舌。

——一九九六年五月二十三日

示愛

從講演會場出來，走出建國南路的紅磚地，心情有著些微莫名的悵惘。黃昏時分，天空灰沉沉的，像以往每次演講過後一般，不知道這樣南征北討似的交流到底有否意義！星期六的下午，我本可在家高臥，或者睡一個舒舒服服的午覺，或者和家人享受一個有咖啡和音樂的周末，卻荒唐的投身人群中，做一件完全無能預估效率的工作。

親職教育並非我的本行，不是有許多人在詬病這年頭外行人膽子越來越大，淨冒充內行嗎？雖說只是經驗的分享，畢竟也或多或少涉及了些技術層面，儘管每次總是戰戰兢兢，絕不肯掉以輕心，心裡仍不免幾分心虛。何況，我一向認為會抽空前來聆聽的觀眾，多半有求知、求好的動機，其實只是藉此機會來印證一些觀念，比較憂心的是，真正有問題的家長根本不知道在哪裡！

正思索著，一位年近五十的男子，從身後追趕過來，靦覥的說道：

「我剛才聽了您的演講，覺得獲益很多……」

我用微笑鼓勵他，長久以來的經驗告訴我，這只是問題的開場白。

「我的孩子今年念大一。去年聯考時，他故意把志願填得離家遠遠的。他告訴

同學說，我一點也不了解他，所以，他決定走得越遠越好。」

「都是一樣的。孩子總希望趕緊脫離父母的管轄範圍，每家幾乎都是這樣的呀！」我聯想起自己年少時期一心只想赴笈他鄉的強烈意圖，趕忙安慰他。

「不！這些年來，我忙著在外頭打拚，只想著多賺一點錢，讓家人過得舒服些，確實疏忽了和孩子的溝通，難怪孩子不諒解。」

男子低下了頭，欲言又止，然後下定決心似的抬起頭說道：

「不好意思哦！請教教授一下，剛才您提到偶爾應該抱一抱孩子，我覺得很好，可是我的孩子已經念大一了，現在來做，會不會太晚？……我可不可以在他從臺中放假回來時擁抱一下他？他現在念中興大學。」

我當下肅然。端詳眼前這張用心良苦的臉孔，虛心、誠懇、困惑又焦急，有一剎那，我竟有欲淚的感覺。

這是一場專為勞工朋友舉辦的親子講座。眼前這位男子想必是位勞工，終年為衣食奔波，一日突然驚覺親情逐漸疏離，和孩子溝通的大門阻塞，束手無策之餘，犧牲難得的假日午休，急急往外尋求奧援，希望藉助他人的經驗來紓解困境，這分用心，教人動容。

我們就站在街頭交換著意見，我誠懇的肯定他愛孩子的心意，也建議他可以由小幅度的肢體接觸開始，如拉手、拍肩，比較不會嚇壞孩子；然後循序漸進，終有一天，擁抱會成為自然行為，親密關係的建立也就指日可待。那位憂心的男子，沉吟了片刻，突然孩子氣的接口道：

「要不然，我可不可以照教授您說的，跟他表示我很愛他？」

看樣子，這位父親是下定決心，非做點改變是不甘心了。我不禁被他的堅定所感染，也跟著熱心的瞎出主意道：

「好欸！他下次回家時，你就拍拍他的肩膀，說：平常嫌你煩，你不在家，倒真有些想你欸！你看這樣好不好？」

男子露出了靦覥的笑容，謝了又謝的走了。我痴痴目送他上了一部頗有歷史的裕隆汽車離去，心中百感交集。原來面對棘手的親子關係，任是誰都要回復孩童般的天真吧。而令人惆悵的是，那位就讀中興大學的大孩子知不知道父親對他的愛呢？

為了了解孩子的心，早過了在學校受教年齡的父母，正奔波在一場又一場的演講、座談中孜孜求知，尋求解套之道；而正在學堂中接受教育洗禮的學子，卻只為聯考而被迫鑽營餖飣字句的異同，人格養成教育則幾乎完全付諸闕如，結果教出了一票應付考試的競爭機器，一群尷尬彆扭的新興人類：小時候，不懂領受人間的善意，不知體貼父母的付出；長大後，成了一批「先做了爸爸媽媽，才開始學做爸爸媽媽」的父母，這時才心慌地徘徊轉進於人生的十字路口，這毋寧是現今教育最大的嘲諷吧！

——一九九六年五月三十日

聯考

火辣辣的夏天又來臨了。在臺灣，這是一個最教人痛斷肝腸的季節，多少學子頂著熾熱的太陽，奔走在各類補習班間，聽取名師揣測出題動向；多少家長在經歷一天的工作疲憊後，還得打起精神，陪著孩子在冒著蒸騰熱氣的教室內，繼續苦讀奮戰。

去年，女兒考高中，我也依女兒意願，加入家長所組成的夜間輪流陪讀的行列，至今難忘當時的一室詭異的慘白和一屋子毫無生氣的幾近厭世氣氛。正當花樣般年華的少男少女，本該好好享受生命的歡愉的，卻被幾盞燈火困在一間間充滿蚊子的教室，只為一個朦朧且不確知吉凶的期望。

我倚在靠馬路的窗口往外望，看見一部部消防車拖著拔尖的高音從窗外急馳而去，突然有一種極為悲痛且無法承受的憤怒興起：這個荒謬的世界，人類自誇為萬

物之靈，竟是連一個小小聯考怪獸都馴服不了的麼！這把怒火，怕是再多的滅火器也是無濟於事的啊！

在大一的課堂上，我們練習著挖掘深心裡最難忘的經驗以尋找寫作的資材，百分之九十以上的學子都還沒有自聯考的噩夢中恢復；這其中，又有百分之九十的孩子，仍舊難忘因聯考而導致的扭曲的親子扞格。討論的過程裡，充滿悲情，思之令人鼻酸。

一位靦覥的女學生幽幽的傾吐衷腸：

「我永遠忘不了去年聯考快接近的一個早晨，我從同學處借來一份歷史科資料，因為還得還人家，就漫不經心的央請正要上班的父親幫忙影印。事隔兩天之後，父親將那份資料鄭重的交還給我，說：『孩子！好好讀，不要讓老爸失望！』我取回資料一看，手和心都不自覺的一起抖了起來。你們知道嗎？父親居然將那一份十多張龐雜的資料重新整理得井然有序，而且標示重點，畫了紅線，他居然幫我先讀過了！那一剎那，我真的寧願自己死掉算了，爸爸這是存心讓我慚愧，在那樣一個情緒隨時處於臨界點的時刻，他用細細的、整整齊齊的字來嘲弄我的草率！」

一位歷經滄桑的重考生語帶激動的說：

「連續好多年，每到考季，我總是備受煎熬，父親老是拿左鄰右舍、親朋好友的傑出考生來激勵我。落榜後，父親也不說我，只是不時嘆氣，我是寧可他把我大罵一頓還痛快些！這回考上私立大學的中文系，憑良心說，是相當不滿意的；但是，爸爸高興得四處宣傳，唯恐天下有人不知。有一次，他居然在電話中向瓦斯行的夥計抱怨：『我今天特別請今年剛考上大學中文系的兒子在家等你，你怎麼沒送瓦斯來？』真丟臉死了！」

談到聯考，似乎所有的考生都有一籮筐的話要說，原先必須靠點名才勉強上來發表心聲的冷清局面，頓時活絡了起來。一位女孩迫不及待的緊接著上臺，說：

「日間部放榜那天，父親從美國做生意轉機到香港，照例在香港過一夜。傍晚打電話回來，問我：『有沒有好消息告訴爸爸？』當我說沒有以後，他沉默了一會兒，接著問：『那怎麼辦？』我告訴他打算重考。爸爸一言不發，把電話掛了。我拿著電話的手一直抖、一直抖，眼淚直流，心裡恨死他的殘酷！夜間部聯招放榜那天，爸爸又是同樣在香港。這回他不再問了，是媽媽提醒他：『女兒有好消息告訴你！』當我告訴他考上中文系後，他突然興奮得聲音顫抖的說：『好極了！我現在就想辦法換班機回去，你等我。』那晚，爸爸回家已極晚，只有我為他等門。開門後，爸爸站在門口，眼中含著淚，頻頻說：『啊！終於考上了！終於考上了！太好了！太好了！』我這才發現：我沒考上大學，爸爸竟是比我還痛苦的。」

藉由這一樁樁的赤裸裸的表白，師生共同回首那段艱苦難堪的歲月，有欷歔、有眼淚，更多的是事過境遷的冷靜再思，當年的憤懣、桀驁，俱化作溫婉的同情與體貼：

「如今想來，父親原是恨不得以身相代的，然而，當時滿身刺蝟，哪能體會他的苦心。」

「一日午後，我踞坐客廳，看見老父蹣跚的身影向外行去，突然一陣心酸。想到父親老來得子，何其快慰！我一再重考，他從未責備我，是他對我的寬容；我考上私立學校，增加他的負擔，是我自己不爭氣。父親何罪之有？他只不過稍稍表達一些為人父的虛榮，我就這麼容不得他！實在該死！」

「父親一向木訥寡言，喜怒不形於色，我從不見他掉過一滴眼淚。那日他那般情緒失控，想來不知積累了多少的憂心！當時，我竟只顧自艾自憐。」

是否只有在時過境移時，人們才能以理性的態度來回首過往？是否只有在人生的順境中，才能用寬容的心胸來體會人情？思及此，不禁要深深歎息了。

——一九九六年六月二十七日

痴心

前些天看到一則署名流星所寫的短文，覺得深受感動。大意是這樣的：

作者和她的孩子在陽臺上遠眺，突然看到一列喪葬隊伍遠遠過來。孩子對死亡的事充滿好奇和恐懼，母子二人有一番對死亡的對話，孩子對亡者將被單獨留在山頭，沒人陪伴，表示高度的悲憫。他天真的問母親：這次死去的人是誰？母親隨口答道：

「我也不知道哇！不過，靈車上將會掛著死去的人的照片，你一看就知道了。」

忙碌的母親說完後，就進屋忙去了。年幼的孩子攀住欄干的鐵窗目不轉睛的看著，許久之後，孩子被太陽晒得滿頭汗卻興奮的進到屋裡，撫著胸口，無限慶幸的朝媽媽說：

「哇！好棒！還好不是爹地！我看得很清楚哦，三張照片我都仔細看過了，還好不是爹地！」

「還好不是爹地！」這是一句多麼令人動容的話，裡頭有著稚子對父親無限的痴心。這般的痴心，常使得我們在艱困的人生行道上，雖歷經滄桑，卻仍能維繫著適度的勇氣。從孩子嘴中，我們聽到了最清純動人的天籟，任是再無情的人，也無不為之盪氣迴腸。

這不禁讓我聯想起去年的一個午後，一位讀者和我打電話，提到她教養孩子的困境：

「我們夫妻倆都只是國中畢業而已，這些年來，為了和孩子同步成長，我也不時的參加各種成長團體，希望不要和小孩產生代溝。但是，您知道我們是做水泥工的，也沒有多少時間，常常是心有餘而力不足。這些年來，漸漸覺得好像趕不上孩子的進度了，心裡覺得好慌！」

我正想著如何措辭來開導她，她突然提起一則報導：

「昨日看報上寫道：一隻孔雀若讓雞來孵養，只能變成一隻雞，是成不了一隻孔雀的。夜裡輾轉難眠，越思想越悲傷，足足哭了一晚……想到我家裡那三個孩子，也許是三隻孔雀，因為被我這隻雞生養，卻一輩子成不了孔雀，我這豈不是害了他們。我多麼希望他們能生長在廖教授您家裡，讓您把他們養成三隻孔雀。」

這番雞和孔雀的痴心掙扎，不禁讓在電話這頭的我潸然落淚了。痴心的母親為了使孩子有更傑出的表現，竟甘願將珍愛的寶

貝拱手讓人！然而，我也不由得要做一個反向的思考：父母這樣的痴心，若是聽在兒女的耳中，又是如何的反應？說起來洩氣，恐怕大多數只能引來不耐煩的反感吧。

何以同樣的痴心卻可能引起截然不同的效應？我反覆思考著。是在爾詐我虞中歷盡滄桑的大人較容易被真情所感動？是備受驕寵的孩童視父母的愛為理所當然？抑或是無條件的愛才是感動興發的源泉？大人們摻雜了期待的愛總是帶來傷害？

做孔雀就一定比做雞好嗎？小時候，上動物園玩，特別喜歡去看孔雀，無非想看牠開屏的光彩模樣；若是偏巧牠只願低頭沉思或悠然閒步，小朋友絕不肯放過牠，偷眼四下無人，必拿石頭砸牠，不准牠有不開屏的自由；反觀家裡母親餵養的小雞，成天在庭院中跟前跟後的和母雞玩在一塊，看來好不快活。如此說來，到底是做孔雀好呢？還是做雞好？

能不能讓孔雀只是孔雀，不管牠開不開屏；能不能讓雞只是雞，無論牠的身價。金字塔型的社會結構，上位者少、基層者多本是常態，卻偏要求人人成為開屏的孔雀，怎不教多數的凡人寢食難安！若是人人都不願意做自己，都不安於小門深巷的平凡生涯，就難怪社會動盪、人心浮躁了。

能不能建立一種新的價值觀，既不必做大官，亦不必做大事，人人做好分內的小事，人人滿意做自己，也不對親人做過度的期望，不要求「法古今完人」，不一定得「養天地正氣」。像前述痴心的孩子般，不管爹地是龍是蛇，傾心接納；做父母的，也無論孩子是雞是孔雀，歡喜結緣。讓痴心回歸真我，讓父母的愛不再是孩子生命中不能承受之重。

——一九九六年七月十一日

夢想

教了十多年的書，深刻感受到教學實在是一件美妙的事。這不但見諸專業的教授過程，更多的是在師生互動的點點滴滴裡。閒坐的午後、冥想的清晨，甚或夢迴的午夜，總是有那麼些動人的情感牽引著我，讓我覺得生命的滋味真是甜美。

那年，慌慌張張答應了金榮華主任到文化大學文藝組去教授散文創作。當時，我居住中壢，為了兩堂課，我得花費至少五小時以上的時間，加上倉卒上陣、準備時間不夠，精神相當緊張，適巧家裡又發生若干變故，短短三、四個月間，體重銳減五公斤之多。衡量過輕重之後，我很不顧道義的屢次向金老師請辭，並在尚未得到金主任首肯，於上學期即將結束時，片面和學生宣佈此事。學生抗議、要求之聲四起，正好第一節下課鈴響，我趁機倉惶逃至休息室，憂心忡忡，不知下節課如何面對他們。

班代表在五分鐘後出現在休息室，請求下節課能借用十分鐘的時間解決系務。我正愁無言以對，遂欣然答應。十五分鐘後，我踏著沉重的腳步走進教室，驚訝的發現，學生不知從何處買來三大束的鮮花，黑板上，用漂亮的美術字寫著：

「老師！請你不要走！」

熱淚霎時湧進眼中。我啞著聲音說：

「你們很壞哦！知道老師很脆弱、很愛哭……」

一位女同學站起身，很嚴肅的說：

「我們知道老師一定是因為我們太懶散而不肯再教下去！清晨第一節課趕上山，對遠道的同學是有些吃力，但我們同學已經彼此約束過，下學期盡量不遲到，

雖然不敢做保證，一大早上山的公車很難掌握，但是，一定想辦法早起！」

我措辭艱難，不知如何完整的向他們表明我的決心。只訥訥的說：

「不是這樣的！真的……」

一位男同學突然鄭重的舉手、站起身說：

「上回，老師和我們一起看電影時，不是曾經告訴我們，你年輕時最大的夢想是留一頭長長的頭髮，由一位英俊的男子用腳踏車載著，在林蔭大道下，輾過斑駁的樹影前進，飄飄的長髮不時飄到男子的臉頰上嗎？」

在這樣的時刻，提出這樣的問題，委實讓人納悶。我愣頭愣腦點頭，不知道他在玩什麼把戲。那位學生露出不好意思的笑容，接著說：

「我們班已經選出了一位最帥的男生，腳踏車也準備好了，我們打算在仰德大道上實現老師的夢想，現在就等老師的頭髮留長了！你怎麼可以就走……」

我忍住差點翻湧而出的眼淚，哽咽的笑問：

「選出來的人就是是你嗎？」

那位男學生的臉，霎時紅得像關公似的。同學們全笑翻了說：

「遜斃了！怎麼會是他！如果是他，老師鐵定等不到學期結束，就連夜潛逃！當然不是他……」

我終於屈服在學生的誠意壓力下，下學期仍舊不辭迢遞上山，剛開始，學生果然奮勉從公，遲到者甚少，日子一久，持之以恆者越來越少，生活又逐漸上了原來的軌道。而騎腳踏車的夢想，因著我一直沒能留長的頭髮，而終於變成生命中一個永遠的夢想。

——一九九六年八月二十九日

風景

我們常常花很多錢、很多時間，到天邊海隅去尋找好山好水；事實上，最好的風景往往就在家門口，最動人的風景常常不是山水，而是人情。

今年夏天，全家作了趟東歐之行。維也納、布達佩斯、布拉格、布爾諾、茵斯布魯克、林姿、莎茲堡……等，一向只在翻譯作品或圖片中才得識荊的城市，一旦得以身歷其境，其雀躍之情，自然不在話下。然而，歸來數日之後，歐洲巴洛克時期建築、哥德式教堂、羅馬式大圓柱全在腦海中攪和成一片；導遊對各個教堂、皇宮的歷史介紹更成一團亂蔴，再也分不清你我他。然後，隨著時差的日漸調整，混沌的腦子中，越來越明晰的卻是十多日行程當中的人情點滴。

在布拉格老鎮前的一個洗手間裡，母親皮包內的護照和美金全數被一位吉普賽女人給扒光。剛被扒走的那天，母親忙著向同行的朋友解說被扒的經過，似乎還來

不及懊惱。第二天早晨，母親偷偷告訴我：

「清晨四點鐘醒來，突然想起被扒掉的錢，一陣心疼，再也睡不著。昨日還不覺得……想到這麼多的錢，夠好幾個月的生活費哪！」

我雖然一再安慰「財去人平安」，但乍然失物，安慰的話也很難打進心坎，她只是鎮日悵然。團中的朋友摩拳擦掌的打算在縱橫交錯的小街市「血拚」，而她緩步行走在布拉格的街道上，似乎一直神思不屬。也帶著母親一同前往的聶廣林大哥挨近來跟母親不知說了什麼，只聽母親蕭索的回說：

「你們去吧，反正我是沒錢了，什麼都不用買了！倒也乾脆。」

我正待上前說話，聽得聶大哥拍著胸，豪氣的用有些彆腳的臺語說：

「廖媽媽！不要緊！要買東西找我，我有錢。」

母親被逗得高興的笑起來。聶大哥隨後又體貼的和母親說：

「這回幸而是廖媽媽您掉的東西，若是我媽媽，那可慘極了！上回帶她去埃及，掉了一支五百塊錢的錶，三天不跟我說話，還是我送她的哪……這回若是她掉的，還不知要哭成多慘！」

聶媽媽一旁聽著，不好意思的笑著，亦附和著說：

「是啊！多捨不得啊！那麼多的錢……」

母親也許是因著這番鼓勵及感同身受的寬慰，才開始把眉頭舒展開來，自嘲般的說：

「真糟糕！我大概得了老年痴呆症哦！要不然，丟了這麼多錢，好像也不知道要難過。」

走在母親身後的我，默默的看著這一對善解人意的母子用心的像唱雙簧般不斷的寬慰著母親，眼角不禁濕潤起來。最好的風景哪裡需要到天涯海角去尋找！原來就在身邊的人情世故中啊！

後來，我深夜和母親一番深談，才知母親真正在意的也並不在於財物的損失，一生能幹好強的她，對於領隊一再提醒，而自己猶然被扒，才真正無法釋懷。這次在渾然不知的狀況下失物，她個人的詮釋，是代表一個強勢時代的過去，這樣的發現，讓她惆悵不已。而因失去護照，給領隊及團友帶來的不便，又讓她深感歉意。她很認真的告訴我：

「明日早上，我打算在車上，向全團的團友公開表示歉意，我等會兒想一想該怎麼說比較好。」

第二天的車上，我故作不在意的開玩笑說：

「廖媽媽覺得對各位很抱歉，已經在昨晚準備了一篇情文並茂的道歉話……」

大夥兒一聽全團年紀最長的老人家要向他們致歉，都不安的紛紛阻止。阻止之不足，作家朱秀娟大姊開始不惜自毀她女強人形象的談起她在意大利丟掉皮包的糊塗事；沒有類似經驗的，則開始絞盡腦汁，出賣朋友……母親準備的致歉語，終究沒有能說出。

在回維也納的途中，遊覽車外，一片明媚的山水；遊覽車內，盈溢著溫馨動人的人情。而我，除了領受著車裡、車外的雙重風景外，也深深的以母親的勇敢、明理為榮，這是另外的一張風景。

——一九九六年十月三日

嫵媚

一向很喜歡辛棄疾〈賀新郎〉詞中的「我見青山多嫵媚，料青山見我應如是」句子，這詞原是將山水人情化，寫山和人的情貌相似，應有同等的感應。其實，取來照應人間世相，又何獨不然？它掌握了人際關係中的兩大要訣——主動與善意。「我見」和「我料」是從自我出發；而見出青山的嫵媚和料想青山也當認為我是嫵媚的，則是善意的體現。儘管大夥兒聚在一塊兒總是慨嘆人心不古、世態炎涼，但相信大多數的人也不能否認，當別人以善意體貼相向時，誰都無法冷然以對。

三年前，一位多年不見的房客，突然透過種種管道，找到了我的母親，向她表達感謝之意。在一個星期六的下午，這位目前任職鐵路局祕書室的郭俊佳先生帶著漂亮的太太和禮物到敝舍與母親見面，暌隔二十餘年，大夥兒都忍不住內心的激動，在回首往事時，一向堅強的母親忍不住幾度淚眼婆娑，然而，我知道母親是極為快慰的。郭先生向母親報告當年室友的下落及自己的近況；探問母親別後的起居健康；欷歔悼念亡逝兩年之久的家父。春日的午後，逐漸被拉回到二十餘年前的時光隧道中，才知歲月不羈。約莫是我上大學時候的事了，依稀記得有三、四個初就業的男子，曾寄居家中的二樓，我每回由北部回家，一到日落，母親便扯高了嗓門，喊他們下樓用餐。餐桌上，自在愉悅的交談，就像是一家人般，平添了許多的熱鬧，也排解了子女相繼離家的父母許多的寂寞。其後，因為搬家，這些房客只好另外賃屋而居，初始幾年，尚有音訊，慢慢也就全然失去聯繫。萬萬沒想到，會在這樣一個因緣際會下，重溫了過往的歲月。

笑談之時，郭先生不時回身用充滿感情的聲音和太太敘述年少輕狂的年歲，離鄉背井的在孤寂的異地接受如母親般殷勤的照應時，內心感受到的溫暖；而一直凝神諦聽的女子亦是情真意摯，向母親深深鞠躬，以表達母親照顧婚前丈夫的感激。我一邊煮茶，一邊冷眼旁觀，不禁在心裡幾番讚歎：這般情深義重的男人和如此婉約多情的女子！我首次深刻體會到用「嫵媚」二字來形容一個人的風姿綽約，是如此的恰切合度！

那日，客人走後，母親猶自沉浸於快樂的氛圍中，即使是獨處時，也不時露出愉悅的笑容。母親一生熱心，也經常當下即得到相當友善的回饋，讓她對人世不改痴心；但郭先生這次多年後的主動造訪，對她來說，意義又自不同。除了重新喚起母親中年的記憶外，亦是對她大半生熱心的肯定，這樣的肯定，對曾經精力旺盛、如今卻時常覺得心餘力絀的母親而言，想必是格外具有意義吧！

無獨有偶的，在一個秋日，一位畢業多年的學生，也同樣地為我帶來了無限的溫暖。是一個星期天下午，我正和外子品啜著香濃的咖啡，電鈴聲驀地響起，一位理著平頭的男生氣喘吁吁的扛著一大布袋的米上樓來。我驚訝的詢問究竟，他喘著氣，害羞的說：

「那年，在中正理工學院，老師上我們的國文課。有一回閒聊時告訴我們，你最喜歡吃白米飯，想到有白米飯吃，就很開心，說以後若來拜訪，就帶一包米來好了，所以，我就特意從家裡帶來一包米！請老師笑納。」

我細細回想，似乎是真的有這麼回事。然而，不過是閒聊時的一句玩笑話罷了！這位學生竟然當真了！而等我弄清楚他的家居然遠在宜蘭時，外子和我還真齊齊嚇了一跳！他就真的這麼扛了一大布袋的米，坐北迴鐵路，轉公共汽車，再徒步前來！他看我們露出驚訝的表情，連忙解釋道：

「這是我們家自己種的米，我要老師嘗嘗我們蘭陽平原的米，跟別地方的米絕對不一樣！」

我站在當地，一下子眼眶都紅了！眼前的男子，是一副典型臺灣農家子弟的模樣，純樸節儉，卻情致纏綿；而我，濫竽教職多年，雖未敢隨便打馬虎眼，但自知距離好老師的標準尚遠，何德何能！哪配接受如此深情的餽贈！

然而，儘管我對學生此番主動的餽贈感到極度的慚愧與不安，但是，實不相瞞，

我也和我的母親一樣，逢人便說，即使在獨處時，只要想到此事，也不時露出愉悅的微笑！

——一九九六年十月二十四日

消息

傳來同學得癌症的消息，原來興高采烈的談著臺北吃食的熱烈氣氛驀地冰冷了下來。電話在欲振乏力的互道保重聲中，被怔怔然掛下。蜉游在空氣中的細細的塵埃，拿不定主意般的四下飄浮著，而我在室內前前後後的走動，亦像那不定的浮塵般，不知該把自己置放何處！那樣嬌小的身軀，聽轉述的同學說，經過這些日子來的苦苦掙扎，顯得更為羸弱！隔著半個城市，老同學正在病床上和病魔纏鬥，啃噬種種的痛楚，而我卻在城市的另一邊閒閒啜飲著香濃的咖啡，笑談燻鮭魚的滋味。這樣的聯想使得咖啡變得苦澀、人情成為難堪。

多麼想去為老同學打打氣！但是，據去看過她的朋友說，除了執手相看淚眼外，幾乎不知該說些什麼。何況，已是三十多年前的同學了，小學畢業後，就鮮少交往，如今貿然前往，隔著偌大的時空，能說些什麼呢？然而，這樣的消息卻不時的在生活的隙縫中被無端的想起，淚水夾雜著莫名的憂傷，細細的流淌在臉頰、心裡。十一、二歲時的記憶，殷殷的被喚醒：揹著超大型書包的我，踏下清晨的公路局班車後，直奔老同學的家門口，隔著黑漆漆的裡屋，大聲的喊著：「黃琴喨！上學囉！」然後，和我一般小小個頭的她，便含著一口飯，語焉不詳的回應著，且一面匆忙的奔出。兩個小小的身影，邊比畫著邊往學校行去。我們的因緣交會於同樣矮小的身軀，常常因此比鄰而坐……多年來，從未被想起的這幕景象，卻在近日不斷的交互在白日及黑夜中出現，而昨日的夢裡，我竟直趨病榻前朗聲高呼：「黃琴喨！還不起床！上課要遲到了！」而形銷骨立的她竟真的一躍而起，揹起書包，隨我而行。

午夜夢迴，想到人生在世的諸多緣會與遺憾，不禁涕淚橫流。這夢中的高聲一喚，雖說隔著夢、隔著半個城市，卻是現實中靦覥人際的真情流露與誠摯的祈福，也許，裡頭還藏著自己都不知道的思念亦未可知。

居住在紅塵滾滾的臺北市，不時的會傳來各種的消息，高興的、悲傷的，意中的、意外的。險象環生的人生，不管你願意或不願意，消息的傳遞便這般無孔不入的滲透進來。電話的彼端，也許是遠赴異邦的久違朋友，一位讓你驚喜莫名的歸人，正待以肆無忌憚的笑聲相迎，冷不防卻夾帶對方親人亡故的訊息，在哭笑兩難間，二人都只能唯唯以對；也有可能僅是資訊的交換，人入中年，哪一個街道的轉角有上好的咖啡、哪家西餐店有著美妙的音樂之類的飲食消息，慢慢也逐漸能帶來

快樂；炎炎的夏日，最多的是上榜、落榜的悲歡交耳；秋冬之際，則是傷亡病痛頻傳的季節；春日按說當是愉悅美麗的日子，學生、朋友的喜訊固然不斷，卻也不乏寵新棄舊、移情別戀的惻惻怨恨。啊！這個愛恨交纏、怨嗔攻心的人生！消息便像燒不盡的野火般一路延燒了下去。側面打聽來的，攪和著正面交鋒所得的消息，織就成一條條縱橫交錯的網絡，我們便在網中或悲或喜、輾轉反側。

消息，總是讓人又愛又恨！

——一九九六年十月三十一日

問道

每當向指導教授張清徽（敬）先生請益時，她總慣常笑說：

「問道於盲，問道於盲……去問曾永義。」

如今，這位謙稱為盲者的教授，幾乎全國大專院校教授詞、曲及戲劇的大部分老師均出自其門下的曲學大師，終於帶著親人及弟子們衷心的祝福，走向永生之路。

我出版第一本書《一竿煙雨》時，年輕氣盛，不知天高地厚，自己覺得頗為得意，沾沾自喜的去請老師指正。老師就老實不客氣地批評我：

「仗著一點小聰明，不夠用功！」

我縮脖藏尾，落荒而逃。從那以後，我每拿一篇東西請老師指正，總是再三踟躕，絕不敢心存僥倖，深知老師絕不肯做率爾的讚美，我必須有聽實話的勇氣。

四十歲才又發願重做老學生的我，受到老師最多的鼓勵。老師知我定力不夠，恐我半途而廢，開始改口，總不停的半哄半騙的朝我說：

「佩服！佩服！我這個人懶啊！哪像你，援筆立就，又勤快！又用功！」

我被捧得不好意思偷懶，只好硬著頭皮把論文寫下去。三更燈火五更雞，好不容易在去年一月完成。老師當時身體狀況已很不理想，成天昏睡，卻仍打起精神逐字批閱，章節調過來、換過去；用字遣詞細細斟酌，連電腦打出來的錯別字亦不放過。我心疼她辛勞，有些章節改過後，假裝忘記，不再送去，她居然沒忘打電話來催。全部稿件看完那天，她突然一反常態的深夜十一點打電話過來，興奮的告訴我：

「全看完了！很好！我很滿意，看出來很下一番功夫。」

我差一點哭出來，問她：

「真的嗎？真的嗎？老師別哄我！」

「當然是真的！我這個人從來不隨便誇人的！你去問問！」

我想到一向誠實的老師，為了鼓勵老學生，不惜開始說謊；又想到寫論文時，常常聽到的臺北的雞啼聲，終於忍不住流下淚來。為了遮掩嗚咽，我佯裝生氣說：

「討厭啦！這麼晚了才告訴人家，人家今天晚上要高興的失眠了啦！」

老師在電話那邊呵呵的笑著，我在電話的這邊，納悶著時常昏睡的老師，怎麼那麼晚了，還精神奕奕？

晚年時的老師是寂寞的，她彷彿把心事當圍牆，將自己圍成一個小小的城堡。

儘管學生環繞在側，我卻覺似有一角是誰都進不去的地方。忙碌的現代人，晨昏定省已成神話，而長期浸淫古典詞曲世界的老師，或者仍期待兒孫繞膝的熱鬧，林家大哥中斌回國任教、擔任陸委會副主委，曾給她帶來很大的快慰，她嘴硬不說，但只要報上或電視上出現林大哥的文章或報導，她總不忘教我們剪了寄她保存，可見兒子是她的驕傲。可是，林大哥的忙碌也每每讓她感嘆，我總笑她說：

「誰讓你養了個傑出的孩子，就注定得和國家爭寵、拔河！您老得先把身體練好，才有力氣拔贏啊！」

而老師終究在這場和生命的拔河賽裡缺席了。那天，送她去照X光，推著臺大醫院的病床，匆匆經過一樓大廳時，她忽然惶然四顧，拉長了聲音喊：

「清常啊！清常在哪裡啊？我找清常！」

神思恍惚的她，似乎剎那間清澈起來。隔日，我問她：「清常是誰？」

她憮然不答。我想起林家中明二哥所寫〈臺靜農與北大〉文章中曾提及的北京語言學院教授張清常二舅，才知老師原來神魂已歸故鄉，所謂「手足分攜四十載，朝思夕念痛參商」（註），老師正迢迢尋找兒時最親密的弟弟，重溫手足之情，我心中隱隱有了不祥的兆頭。

經歷了八十五個年頭，持家任教，幾乎可以為顛沛流離、堅忍不拔的中國現代婦女作見證的老師，終於還是在元月四日卸下了肩頭重擔，千山獨行。做為最後一位被老師悉心指導的門生的我，心中真是難抑悲痛與不捨，從今以後，到哪裡找老師問道，聽老師笑說：

「問道於盲，問道於盲……去問曾永義。」

附註：張清徽教授所作詩〈還鄉曲三十韻〉中語。

——一九九七年一月九日

童心

童心最真純可愛，尚未經過世俗的習染，一舉手、一投足，都讓人打從心眼兒裡愛憐起來。晚明文人袁宏道在《陳正甫會心集》裡談到「趣」字時，就說童子是「趣之正等正覺最上乘也」，因為「當其為童子也，不知有趣，然無往而非趣也。面無端容目無定睛，口喃喃而欲語，足跳躍而不定，人生之至樂，真無踰於此時者。孟子所謂不失赤子，老子所謂能嬰兒，蓋指此也。」這段文字拈出了一個重點，就是一般之所以覺得兒童有趣實因孩子的「自然」，因此，我最見不得孩子在電視上擠眉弄眼、搖首擺臀，學大人的煙視媚行。

學生告訴我一件事，讓我印象深刻。他拿圖畫書為妹妹說故事，故事的最後，賣火柴的小女孩凍死了，妹妹生氣的指著圖畫書裡躺在雪地的女孩說：「才不是死了！是睡著了！」哥哥為證明所言不虛，還特地教妹妹看注音：「妳看！ㄙˇ，三聲ㄙ。」妹妹一把搶過書去，恨聲說：「哥哥最壞！不跟你玩！」過幾天，他閒來無事，順手翻閱那本書，不覺啞然失笑，妹妹居然將書裡所有不買小女孩火柴的人的身上都畫上個大叉叉，並且在凍死於雪地上的女孩頭下，細心畫了個枕頭，頭上方還加上好幾個漫畫中常用的「Z」字，強調小女孩是睡著而非死去。童心裡的柔軟真教人為之動容！

兒子兩歲時，他爹去美國進修，給他寄回一只手搖卡通機，片子放上，邊搖邊看，米老鼠、唐老鴨在裡頭玩兒。小朋友搶著看，邊看邊開心的笑；兒子不會操作，我站他前面幫他搖機器，他不會閉單眼，擠眉弄眼半天，一會兒兩眼全閉，一會兒睜大雙眼，也和大夥兒一樣，格格的笑。我問他：「看到了嗎？」他興奮的說：「看到了！看到了！」我問：「看到什麼啦？」他幾乎高興得口齒不清的說：「我看到媽媽了！我看到媽媽了！」

再大些，參加民生兒童辦的活動。主持的孫晴峰阿姨問：「你們最崇拜的人是誰？」小朋友都義正辭嚴，國父、貝多芬、居禮夫人、蔣總統……紛紛出現，輪到兒子，他一本正經說：「我最崇拜的人是我外婆！」當被問到原因時，他說：「因為我外婆生我媽媽，我媽媽才能生我呀！所以，外婆最偉大！」主持人促狹的繼續問：「那你祖母呢？難道她就比你外婆不偉大嗎？」兒子露出天真的笑容，輕鬆的回答：「當然啦！我祖母生我爸爸，我爸爸又不會生我！」

孩子上幼稚園時，有一次，我們下樓到巷口小店吃早餐，接連幾天，都看見一位侏儒也在那兒。我很怕小孩子不曉事，有什麼不禮貌的舉止出現，所以，一直在內心盤算如何對孩子施予正確的對待之道。孩子卻沒當一回事，吃喝照舊，沒對他多加注目。

第五天，兒子終於沉不住氣了，朝我說：「媽！

你看那個人！你看……」我急了，低聲呵斥他：「不可以這麼沒禮貌！他雖然身體有一點畸形，但是……」我正想將幾天來構思的教訓的話一股腦倒出，兒子卻仍固執的抓回話題：「你看！他很差勁哦！他把……」我更急了！厲聲責備他：「你怎麼可以這樣沒禮貌！對身體有障礙的人，應該更加疼惜才是，怎麼……」兒子睜著一雙納悶的眼，無辜的說：「我又沒有怎樣！我是說，他好差勁！他每天吃饅頭都剝了一盤子皮扔掉，好浪費！這樣才是不禮貌！老闆會傷心哪！會以為他做的饅頭不好吃欸！」

我不禁鬆了口氣，笑將起來，真正的「眾親平等」原來在兒童的身上，大人太緊張了！

上小學低年級時，逢教師節，兩個孩子執意要送老師禮物。我到超市買了兩床羽毛被，孩子們得知後，失聲痛哭，覺得可恥極了！其後，我決定由他們自行選購，女兒愛嬌的告訴我：「我要送我們老師貼紙、橡皮擦，老師一定會高興死了！是小飛俠圖案的哪！」兒子則陰陰的說：「我的禮物最特別！你一定不能告訴別人。我要送老師一隻假的蟑螂，他可以拿去嚇他的朋友！」

童心真是可愛！世俗的價值觀尚未打進心坎，他們絕對服膺孫越叔叔的一句話：好的東西要跟好的朋友分享。

——一九九七年二月十三日

體貼

讀《陶淵明全集》，對陶詩的自然沖澹、雅趣天成固然留下深刻的印象，而對他的淳厚多情、平易親切的人格則更為激賞。他送給兒子一位僕役時，殷殷叮囑：

「今遣此吏，助汝薪水之勞。此亦人子也，可善遇之。」

因疼惜子女而為他雇得僕役代勞，然僕役固然為侍候人者，但亦為其父母心頭的最愛，淵明先生將疼惜兒子之心推及他人之子，提醒兒子於使喚勞役之時，要心念及此。每每讀到此處，便為淵明先生的體恤好德而心熱眼濕，宜乎後人稱他不可及處「在真在厚」！因為所有人際關係的起始就在這細微的體貼之心上啊！

一千三百多年後，清代也出了一位宅心仁厚的文人鄭板橋。一日，檢視舊書簏，得前代家奴契券，即於燈下焚去，並不送還，只怕送還時反多一番行跡，增加對方一番愧恧。他並推此忠厚之性於愛物，反對籠中養鳥、髮繫蜻蜓、線縛螃蟹等屈物之性的行為，教子即使嬉戲頑耍，也要謹守忠厚悱惻，不得刻急。他寫給堂弟的信，都再三強調忠厚懇摯的做人原則，怪不得人稱其所撰文字「文到入情端不朽」，不朽的文字原來多出自痴情、圓融的人生觀照。

今人的體貼多情亦有不讓古人者。聽說外籍醫生蘭大弼於冬日行醫之時，必先於掌中握暖聽筒，才將聽筒伸向病患的胸前，這一握的溫暖，看似簡單，卻是儒家「溫柔敦厚」的最極致呈現。

體貼之心是人際的潤滑劑，教育當自此處著手，而其間，耳提面命，又不如身體力行。一位太太帶著兩個兒女出國旅行十餘天歸來，先生興沖沖帶著大兒子前去機場接機，一向節儉持家的太太卻為了五人坐不下一部計程車而頻頻埋怨先生的失算，完全無法領略先生一日三秋的思念之情，先生怨恨言道：

「我的思念就不值一千元的車資麼！」

若多了份體貼的心思，這樣的遺憾就或者可避免，這位太太錯失的不僅是先生的心，也極可能錯失了教導孩子體會情意的機會，而讓兒女誤以為只有用金錢才能丈量人生。

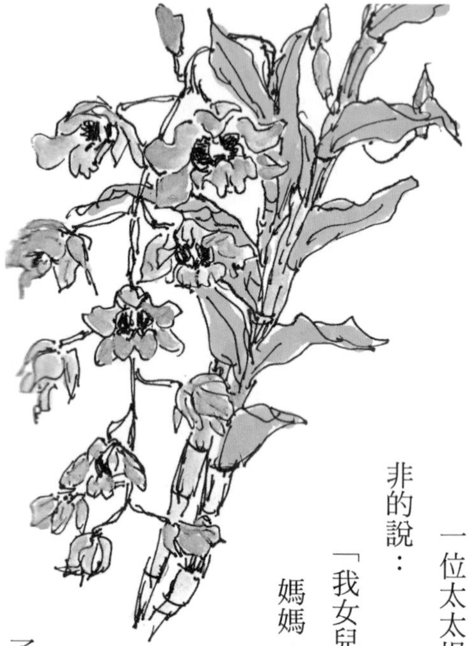

一位太太提到她那讀大學的女兒，啼笑皆非的說：

「我女兒的同學到家裡來，跟我說：『王媽媽，以後誰能娶到王××，真是幸運！你知道嗎？我們合唱團的制服都是她燙的，去露營時，被子都是她搶著摺的，飯是她燒的……』我簡直笑死了，我當場就告訴他：『你去看看她的狗窩，你就知道誰要真娶到她有多倒楣了！』」

我聽了，心頭一驚！覺得好生惋惜！這個媽媽一句缺乏體貼的玩笑話，可能將女兒死死釘在懶惰的狗窩裡，她若能體貼的順水推舟稱讚一番，或者以後都不必再為女兒的不肯做家事操心生氣也未可知哪。

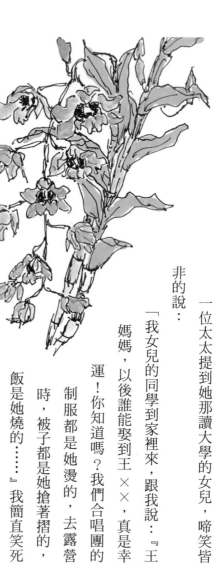

兒子和一位學姐將代表系裡參加乒乓球雙打賽。前一晚，他整理工具衣物，除了自用毛巾外，又刻意挑了條新的毛巾帶著。他回答我疑惑的眼光說：

「我為學姐多帶一條，萬一她忘了帶，光我自己擦汗，多不好意思！」

憑良心說，我也和天下許多的母親一樣，第一個念頭，就是馬上不平地想起自己的境遇真難以和那位幸福的學姐相媲美，差點兒就哀怨的回說：

「怎麼就沒看過你對媽媽這麼好！」

感謝天！我終於下了番動心忍性的工夫，硬生生吞下這句沒什麼營養的話，而代以有風度的微笑和嘉許。其後，我得知，那日學姐自己帶了手帕，兒子的毛巾並沒有派上用場。那位幸運的學姐也許不知道自己曾經被如此的嫉妒著，但是，我卻期待著，因為這一點點強忍的口舌之快、一些體貼的心意，能鼓勵孩子更加體恤人情，更樂於大幅度的拓展他的體貼之心。

——一九九七年二月二十七日

懷舊

人入中年後，往前想的勇氣越來越少，朝後看的時間越來越多。以往種種，在腦海中歷經多番反芻，滋味越來越美，別說當年的豐功偉績，呈倍數膨脹，即使是當年痛惡至極的人、事、物，也都漸漸「一笑泯恩仇」，甚至隱約還帶著點兒無奈的甜蜜。

已經有許久的時日了，我每次在傳統市場看到紅白相間的無餡兒湯圓，便忍不住買它一大包回家。大大一鍋甜湯圓滾沸，總教我的情緒達到沸騰的高潮。冬日午後，我興致勃勃從廚房端出一碗碗熱氣蒸騰的湯圓，大聲的喳呼，把氣氛搞得很熱烈。孩子們探頭看了一眼碗裡的湯圓，問我：

「為什麼不買包餡兒的湯圓？這種湯圓有什麼好吃！」

說完，不等我答辯，頭也不回的走了。我把哀怨的眼神投向外子，他客氣的回說：

「中午吃太飽了，到現在還沒消化哪！過會兒再說吧！」

我快快然把湯圓倒回鍋裡，只留下一碗，就在寂寞的飯桌前，一口一口，認真的品嘗，覺得滋味不對，再加糖，還是不對，又加，一直加到整鍋湯圓甜得變苦，還是吃不到小時候的甜蜜滋味。這些湯圓的結局，千篇一律因乏人問津而倒掉。總是沒過多久又有一鍋湯圓被銷毀，周而復始。孩子們開始抗議母親的浪費，外子被指派前來協商：

「能不能不煮？想吃的時候，我陪你到公館附近去吃一碗如何？」

我面露難色，說：「人家就是喜歡煮嘛！」

「那好！以後不要煮那麼多，吃多少煮多少，好嗎？」外子退一步要求。

「太少怎麼煮？一定得煮一鍋的，我媽都這麼煮的，你生目睭看過人家煮一點的嗎？這種湯圓。」

外子笑起來了，學科學的他覺得不可思議，說：

「怎麼不能煮？想吃六顆，就在滾水裡放六顆，再加適量的糖就行了。」

我氣了，一方面覺得他的說法無懈可擊，可隱隱又覺不對，只是說不出來問題癥結，我不理他！幾天以後，我忽然想起來了，高興的反問外子：

「這種湯圓就要煮到稠稠、黏黏的才好吃，光幾個，怎麼煮得出稠稠、黏黏的感覺！」

外子一時語拙，兒子一旁發難了：

「為什麼一定要煮到稠稠、黏黏的才會好吃？」

「小孩子懂什麼！你根本沒吃過，怎麼知道好不好吃？要你管！」

兒子悻悻然走了，

女兒若有所思，朝爸爸說：

「看來媽媽是犯了懷舊病，我看她每次也沒吃幾個，淨喜歡做，大概是想念童年歲月吧！」

我瞿然大驚，女兒一語驚醒夢中人，細細尋思，朦朧不易歸納的潛意識裡，確實埋藏著遙遠的冬日午後，素樸的童年裡，全家嘴饞地圍著一鍋熱騰騰的湯圓談笑讌讌的記憶。真相大白，我笑著對女兒說：

「如果媽媽不是得了懷舊病，怎麼會十幾年來對你老爸忠心耿耿！」

懷舊病就像所有的慢性病一樣，一旦上升，終身如影隨形，不但無法治癒，且隨著歲月的逝去，有越來越嚴重之勢。發作時，我會放下手邊緊急的工作，跑好幾條巷子，去追逐似有若無的烤番薯叫賣聲；會取消既定的行程，去會久未謀面的童年友伴，在淚光中咀嚼快樂；會走好幾條街，逡巡唱片行間，只為尋找一首三〇年代的老歌；會開始立志修族譜、帶著孩子回老家去看看昔日不屑一顧的老祠堂，且虔誠膜拜；會坐在地板上，翻出泛黃的老照片、小學畢業時的同學錄，從白天看到天黑，以致忘記做飯；會吵著要到陽明山上租一塊地種菜，讓本該休息的星期假日，充滿汗水……然後，我才慢慢了然，屬於年輕人的婚禮中，何以長輩的客人總占十分之九。除了像回收會錢一樣的金錢考量外，還是懷舊病作祟！大部分已從工作崗位退休的長輩，正好藉此機會重溫舊情。你只要從他們自顧熱烈的寒暄、握手、聊天，卻沒有幾人去注意年輕的當事人可以斷定：婚禮的定義等同一群懷舊病人的聚首。

——一九九七年四月三日

虛榮

我每回應邀去演講回來，母親總會一成不變的問：

「今日講得安怎？有成功否？」

起始，我總應付的說：

「不錯啊！」

對這樣的回答，她顯然很不滿意。過一會兒，她會又問：

「今日有幾人去聽啊？伊們聽了有滿意否？」

聽眾心裡怎麼想，我怎麼知道！可我不能說實話，因為說了實話會很麻煩。

我乾脆說：

「反應好極了！成功得不得了！」

母親終於滿意了！笑著走開去，我鬆了口氣。過沒多久，她忍不住又踱過來，

問：

「你哪會知？……」

我只好展開瞎掰勁，胡亂吹牛一番。人山人海啦！掌聲如雷啦！觀眾頻頻頻點頭啦！結束後，發問欲罷不能啦！簽名簽得手痠啦！……母親露出興奮的笑容，到一旁去反芻快樂。過一會兒，又不放心的過來問：

「你剛才說的是真的嗎？」

真是可憐天下父母心啊！

一位朋友告訴我，他家樓下住了一位國手級的運動健將，前些年，蒙李總統召

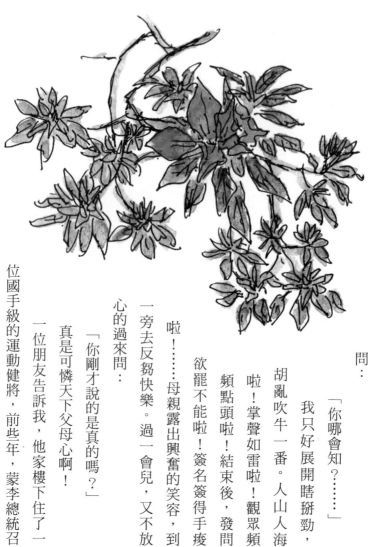

見，幾年來，不停的從樓下傳來這樣的對話：

「××啊！上次總統召見你的時候，都跟你說了些什麼呀？」

「媽！你都問了不下兩百遍了，還問！……真煩欸！」

「媽媽喜歡聽嘛！你就再說一遍嘛！」

一位學生跟我說，大二時，他到電視公司打工，抬道具。媽媽興奮得不得了，在眷村裡呼朋引伴到家裡看兒子的名字出現在電視螢光幕上。當節目結束，開始打出名字，有一位老伯伯正好尿急，母親攔著不讓他去上廁所，堅持他應該先看完字幕，再去方便，兩人因此發生激烈口角。從那時起，兩年間，母親氣得不肯跟那位老伯伯說一句話。他母親一提起這事就光火，氣虎虎的說：

「能有多急！根本是嫉妒嘛！故意的嘛！哪那麼巧！我們兒子的名字正要打出，他就恰好尿急！天下有這麼湊巧的事！誰信！」

另一位朋友說：

「有一年，我回去鄉下過年。當時，我正為一位著名的歌星寫歌，那位歌星急著找我，打電話到家裡來。報出姓名後，即刻震驚了坐在客廳裡和母親聊天的多位歐巴桑鄰居，母親刻意用很誇張的聲音叫我：『歌星×××找你啦！』那一剎那，我感覺到自己在村子裡的聲望頓時提高了好幾十個百分點，我注意到，一向嚴肅的母親，在那一整天裡，臉上一直掛著稀有的、燦爛的笑容！」

一位女學生則在我教授的戲劇課上，和全班提起一件難忘的心事。她說：

「母親在電影公司幫影星化妝。小時候，爸常帶我們去電影院看電影，總在片尾打字幕時指給我們看母親的名字；我和弟弟則在看到字幕時，興奮地拍手。後來，父親到外地工作，我們有幾年沒進電影院。稍稍大了些，一回，和同學一起去，正興奮的想指母親的名字給同學看，同學竟然已經邊伸著懶腰，邊起身走了。我環目四顧，才注意到整個電影院的觀眾裡，居然沒有一雙注視母親名字的眼睛！我當下難堪的流下淚來，為母親感到萬般委屈。」

是這位同學心痛的一席話，教會全班同學和我：看電影時，絕不應有始無終。對所有參與工作的人員表達同等敬意的最好方式，就是敬謹的坐在椅子上，將所有參與者的名單細細看過，再走出戲院。我們不忍心再讓另一位化妝師的女兒落淚！

古人說「光耀門楣」，不管是大人還是孩子，總是對親人的光彩感到無限的榮耀，這算不算也是一種虛榮的嚮往？

——一九九七年四月十日

聚首

「紅酥手，黃縢酒，滿城春色宮牆柳；東風惡，歡情薄，一懷愁緒幾年離索，錯！錯！錯！」

國家劇院戲劇廳的舞臺上，著名京劇小生高蕙蘭飾演的陸游正痛徹心肺的在垂下的紗質布幕上題下這流傳千古的詞句，崑曲皇后華文漪悲不自勝的唱腔與美絕的身段，配上嘈嘈錯錯的急管繁弦、華美淒迷的舞臺設計，將「園逢」的氣氛推至最高點，演員渾然忘我的演出，使得舞臺下的觀眾無不為之動容。國光劇團推出的崑劇《釵頭鳳》，取法孔尚任寫作《桃花扇》的精神——「將南朝興亡繫之桃花扇底」，也以纏綿的愛情綰合國仇家恨，再度重現崑腔精緻典雅的迷人特色。

崑劇是近世戲曲的奇葩，已是眾所公認的事實，其文字的高妙與音樂的細緻，固無出其右者。但是，原以為崑劇節奏緩慢、嗚咽纏繞，對習慣了快節奏生活步調的現代人，在聆賞習慣上，可能是個嚴重的挑戰；然而，環顧幾近滿座的觀眾席，年齡層涵蓋老、中、青，人人屏氣凝神；步出劇院時，讚美之聲，不絕於耳，證明國光劇團以京劇演員擔綱演出崑劇《釵頭鳳》的尋根之旅，已踏出了穩健的第一步！

《釵頭鳳》的演出，不同於近年來崑劇一向只演折子戲的慣例，而做全本的表演，加上劇作家賦予劇作嶄新的詮釋，使得劇作充滿新美的活力，吸引了若干年輕的觀眾。而我亦相信，國光劇團近日來多場的《崑曲校園講座》，恐亦在某種程度上發揮了它的魅力。崑劇的推廣與流傳，絕不能只依賴一年寥寥可數的演出場次，必須結合所有珍視它的力量：如民間曲會的定

期切磋、戲劇學者曾永義先生、洪惟助先生於大學課堂之外的崑腔曲劇傳習與錄影保存，而這次國光劇團能在舞臺演出之外，以知名演員勤跑各大專院校，為充滿求知慾的學子現場解說、示範，彌補學院派教學過度偏重學理、忽略實際演出的缺失，更是讓人擊節稱賞。就以筆者教授戲曲的東吳中文系來說，因為上海崑劇團一級演員岳美緹老師蒞校的一場精彩現場示範，學生們除覺獲益良多外，也都表示開始對崑劇的表演有某種程度觀賞意願上的增進。

當然，此次的演出，也並非毫無瑕疵，譬如：鐃鈸、鑼鼓的運用是否過度而顯得煽情？釵頭鳳詞句的三度出現，是否顯得蛇足？劇情是否一定得橫跨六十年而增加演員演出上的難度？……都是值得再加斟酌的。然而，可以肯定的是，演員的賣力演出，將八百多年前的陸游、唐琬彷彿又重新拉回了人間，觀眾在為他們的愛情故事欷歔嘆息之時，是否也正意味著表演的傳神靈動？當主角幽幽唱出：

「春去後，夢難留，十年盼得一聚首……」

我突然想到初春甫過世、一生熱愛崑曲的恩師張敬（清徽）教授，如今再也不能陪她聆賞這麼教人著迷的藝術了，春已去，無由再聚首，人生可以掌握的事，真是何其有限啊！常常，我會在忙悶的午後，找出老師生前為自己錄的崑曲錄音帶，讓老師的《小宴》、《琴挑》等小生唱腔迴旋在屋裡，就像她在曲會裡唱著，就像她依然還活著一樣，幾次，我錯覺悠揚的笛聲裡，和老師又重新聚首。張老師不但唱崑曲、愛崑曲，而且講授崑曲，她引導我逐步跨進崑劇的門檻，可惜的是，我尚未窺其堂奧，她便驟爾仙逝。我在老師辭世後，第一次觀賞她老人家最愛的崑劇，內心百感交集，在《釵頭鳳》淒厲的旋律裡，我除傷心掉淚之外，也覺得應該為崑劇的演出，說幾句心裡的話。

——一九九七年五月十五日

輯二　接受自我的誠意

順序

校園中，人馬雜沓的亂象已隨著選課的截止而逐漸平息了下來。我走在滿眼綠意的校園，嗅著濃郁的桂花香，內心裡隱隱有種幸福的感覺升起。正陶醉著，一位同學迎面而來，滿臉緊張的說：

「老師，我今年四年級，助教剛剛通知我，還少修四個學分，如果不馬上補選，明年就畢不了業。」

我含笑鼓勵他說下去。於是，他接著說：

「加退選時間已經過了兩個禮拜了，但是，助教說可以通融一次，讓我補辦手續。」

「哦！那怎麼樣？」

那孩子顯然是急了，事關畢業，他額頭開始冒汗，搓著手說：

「我也去教務處問過了，教務處的職員也願意給我補救的機會。」

「哦！那又怎樣？」

他吞了吞口水，又再接再厲的說：

「老師開授的『影劇與人生』那門課的時段，我剛好沒課，可不可以讓我加選？我已經旁聽了好多星期了。」

我扳起臉孔，正色的加以拒絕。那孩子大概沒料到一向菩薩心腸的廖老師居然在這節骨眼見死不救，吃驚得張口結舌。我一邊大邁步前進，一邊對亦步亦趨的他說：

「回去想想，如果你是我，你會被這樣的說辭所說服嗎？我給你半個鐘頭的時間，如果想到比較好的說法，再來找我談！」

回到研究室裡，我好整以暇的等著。過不了十五分鐘，那孩子果然又出現了，期期艾艾的啟齒道：

「我從開學就一直旁聽老師開的『影劇與人生』，覺得老師教得很好，我很喜歡，剛好助教通知我，還少四個學分才能畢業，但是加退選時間已經過了，可不可以請老師幫忙一下，讓我補選。」

「你有沒有請教一下助教，這種情況被允許嗎？」

「助教說，要問老師和教務處！」

「那教務處呢？教務處有沒有意見？」

「我去請教過了，教務處一位職員說，只要老師答應，他們願意特別通融一次。」

我笑了笑，點了點頭說：

「嗯！這還差不多。同樣這些話，順序顛倒後，給人的感覺是不是差很多？好了！只要教務處沒意見，就去辦手續吧！」

孩子高興得歡呼起來，千謝萬謝的走了。我看著他因奔跑而顯得飛躍的身影消失在門首，不禁跟著愉悅的笑出聲來。

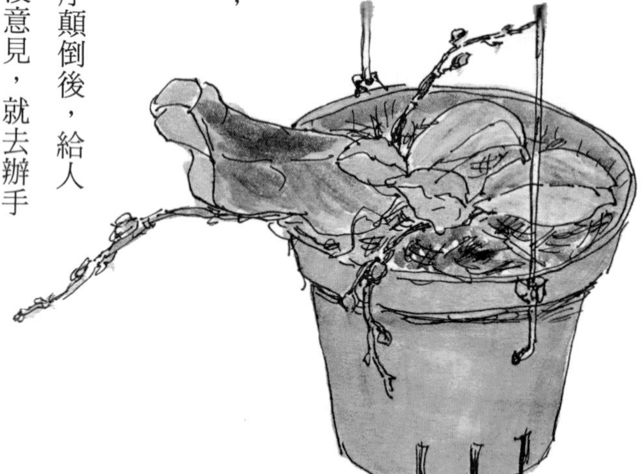

這世界有多少是因說話的順序不同而產生截然不同的效應？豈只是孩子！若是缺乏一顆善感體貼的心，大人不也在生活中闖禍連連麼！我不禁聯想起前一陣子，有位太太在閒聊時，氣憤的控訴她先生：

「回婆家時，我看他吃婆婆做的麻油雞，吃得齒頰生香，心想：要想擁有男人的心，必先控制他的胃。於是，虛心向婆婆請教，還鉅細靡遺的記下佐料、程序，決定回家後一展身手，討他歡心。那天，下班時，已近黃昏，我不顧疲累，急匆匆趕往超市，淨挑些雞腿回去，完全照婆婆交代的方法處理，做出的麻油雞，聞起來也確確實實是媽媽的味道，心裡還暗自為自己的賢慧與睿智所感動。心想：這回，先生回家必定會感動得涕泗縱橫吧。誰知，這傢伙興致勃勃嘗了一口後，居然衝著我無限遺憾地說：『啊！好可惜，好像不是土雞哦？』把我氣得差點沒去撞牆！」

聽的人全笑起來。其後，那位闖禍的先生無辜的辯稱：

「女人就會斷章取義！你們別聽她的。其實，後來我也對她的手藝大加誇讚，說沒用土雞只是美中不足，小疵絕對不掩大瑜，可是，她根本聽不下去！淨顧著生氣，還罵我是大男人，我哪有……」

這段公案的後遺症，至今仍在延燒當中，太太賭咒絕不再為這位沒心肝的男人費一丁點兒心思；那位據他自己說是很無辜的男子則至今仍抓首撓腮、不知身犯何罪。

我的學生只花了十五分鐘就想明白的事，那位先生竟然想了好些天還不知道錯在哪裡！可見「順序」這件事不簡單！沒有一點慧根的人，可能一輩子就莫名其妙栽在這上頭。

——一九九七年六月六日

附錄：

幾歲的人才能被稱呼為「孩子」？

——敬答龍應台女士

龍應台女士在六月二十四日《人間副刊》上，對我在「三少四壯」專欄中所寫〈順序〉一文中稱呼大學生為「孩子」，提出若干指正。該文中某些觀察，譬如對今天臺灣大學生的認識，因龍女士去國多年，不免有所隔閡，因和拙文關係較小，我不在此評論。僅提出其中直接觸及拙文的某些論點，就教龍女士。

首先，龍女士以為教授在行文當中稱呼二十三歲的大學生為「孩子」是權威、大學生對教授這般的稱呼未加抗議就是順服。這樣的邏輯想必是建立在「孩子一定得順服於權威，只有大人才應該反抗」的前提上，證諸於龍女士所說「如果大學生容許教授打自己手心，我們的民主是不是仍舊在幼稚園階段」，則我做這樣的推論應該沒有悖離龍女士的論述邏輯。換句話說，龍女士認為大學生不該再被打手心，幼稚園的孩子則打之無妨。

龍文中隨處可見類似這種對「孩子」的蔑視，好像所謂「孩子」，必是無知、順服，毫無作為、不得反抗威權，所以，當二十歲的蘇東坡寫出「刑賞忠厚之至論」時，歐陽修就不能讚賞他「這孩子硬是了得！」否則便是不知輕重。照此說法，則被寫入《世說新語》夙惠篇裡那些天才早慧的數歲小童如陳元方、何晏等，我們是不是就該將他們升格為「您」。龍女士明顯認為「孩子」一辭有貶抑之意，殊不知中國哲人最尊敬、欽羨孩童，所謂「大人者不失其赤子之心者也」，就是期望大人也能向孩子的天真、真誠學習。龍女士常拿西方文明禮俗來針砭中華文化，而且常是西風壓倒東風，其實是對中華文化的曲解。

「孩子」只是一種行文方便的稱謂，卻被誇張成權威與順服，甚至聳動地扣上「訓練順民」的大帽子。我三十多歲時，八十多歲的老教授當著眾人面前說我「這孩子很用功！」我從來不覺得自己因此變成順民，也沒有如龍女士所謂「就眾望所歸的變成孩子」，因為我能充分體會這只是師生間親暱的善意。龍女士以「時至今日，教授與學生之間仍然以父子、母子關係來彼此認同」為憂，我不知憂從何來？除非龍女士還認為父子、母子應該保持威權與順從的關係，不能彼此以平等相對待，否則，以關愛己子之心來教育學生，又何足懼？東西方都不乏師生情篤如同父子而傳為佳話者，我看不出這有什麼好怕的！

「孩子」只是單純的稱謂，在一百歲的人面前，七十歲就是孩子，這和威權完全不相干。威權和順服不是顯現在稱呼為「您」或「孩子」上，這種表象的論定最為無稽，光是稱呼「您」，卻沒有在行為上配合出適度的尊重，就可免去威權之名嗎？什麼叫威權？威權是純粹以個人一己的思維模式胡亂論斷或揣測他人的動機；什麼是順服？順服是被隨意亂扣帽子而不加反駁。余雖不敏，卻也不敢以順民自居，所以，明知龍女士一向辯才無礙，威力四射，而我連和自家的「孩子」辯論都常潰不成軍，卻仍奮不顧身來捋一捋虎鬚，請教龍女士：幾歲的人才能被稱呼為「孩子」？

——一九九六年七月一日

自縛

一位太太因肺病開刀，先生焦灼的等在開刀房外，足足八小時之久。陪著等候的幾位朋友不忍心，勸他去吃點東西：

「可別餓壞了！照顧病人是一種長期抗戰，別病人還沒好，你倒先躺下了。走！走！走！就算陪我們去吃點東西吧！」

拗不過朋友的好意，他只好夥同朋友行色匆匆的到醫院附設的餐廳去用餐。無巧不成書，就在一來一回約二十分鐘裡，太太被推到加護病房，睜眼不見先生，覺得萬般委屈，其後聽說先生吃飯去了，更是悲憤異常。二十年來，只要夫妻稍有勃谿，太太必然舊帳重翻：

「我早就知道你一點也不愛我！開刀那天，我一出來，沒見著你，我就知道了。我開那麼大的一個刀，人在鬼門關前繞了好幾圈，你還那麼好胃口！還去吃飯，根本不把我的生死放在心上。」

多年來，先生無怨無尤的在病床前照看的深情全不敵那一剎那的疏忽。惹禍的朋友看不過去了，仗義執言，太太全聽不進去，堅持自己的想法，她說：

「你們不知道！我跟他那麼多年，我還不清楚他！」

她刀槍不入的自築了一個城堡，一不順心，便退到城堡中去舔拭傷口，二十多年來，樂此不疲，傷口稍有結疤現象，她便想法將它摳得血流如注，又反芻悲壯的快感來對付人生。

一位同事的媽媽更離譜。年近八旬，每回和先生生氣，東拉西扯，最後必回歸到三十多年前的一樁往事：

「你別想跟我和稀泥！大陸撤退那年的一月八日下午兩點到四點，你到哪裡去？到現在還沒交代清楚，別以為我老了，什麼都不記得了！」

聽了幾十年的老調，連孫子都背熟了。孩子們覺得好笑，勸她：

「媽！妳就別再提這事了，戒嚴都解除了，最可惡的共匪，我們都開始跟他們坐下來談了，你怎麼還沒完沒了！」

「我才不管戒嚴解不解除！除非他把那天的行蹤交代出來，要不然，別想我饒過他！」

老太太銜哀過了大半輩子，因為悲哀中隱含深沉的恨意，見到她時，總覺她的臉孔線條有一種殺伐之氣，雖然笑著，卻教人感到冷颼颼的。

她也是早下定決心把自己捆綁起來，死也不願脫困的，我如是想。

我母親是個十分愛整潔的人。她是連鈔票拿在手上，都要把蔣公的臉順成同一個方向才滿意的。和父親結髮五十餘年，就為父親脫襪子的方式，時起爭執。父親脫襪時，總習慣一隻從腳脖子下手，一隻從腳尖拉下，一正一反，母親洗衣時，也總是邊幫襪子翻面邊罵：

「奇怪！敢有這尼困難？五十年就教未變！」

父親也火了，立刻反唇相稽：

「不知誰卡奇怪！五十年來目睭晶晶只看我的襪子！」

我結婚後，驚訝的發現外子在脫襪方式上，居然沒來由得到他老丈人的遺傳，我耳濡目染，自然不會輕易放過；始則含笑諄諄善誘，繼則寒臉「陰陰」警告，可恨全不濟事。一日，氣得七竅生煙，無意中看到鏡中人五官全走了樣，這一驚非同小可，想到也許要為此和丈夫纏鬥五十年，不覺心驚膽顫。這不上算的事有否解套之道？

自命新女性的我，評估之後，知道自己絕沒無怨無尤的幫先生翻襪子的修養，襪子翻幾次下來，鐵定開始翻臉。那麼，如果不翻行嗎？就那麼一正一反的洗，就那麼晾，就那麼摺，如果他願意，就那麼一正一反的穿出去，又有誰該有意見！這麼一想後，突然就海闊天空起來。

有一回，我在臺北社教館的「市民講座」裡，無意間提到我這般的襪子哲學，居然引起了一些迴響。一位七十多歲左右的白髮老太太，在講演過後，還特意跑到臺前來向我致意，說：

「今天你講那個脫襪子的代誌實在有夠好！我為著這件代誌和我那個老的車拚五、六十年，煞不知可以免翻面啦！啊！今日轉去，我就據在伊去！笑死人，這麼簡單的代誌，那會攏無想到。多謝啦！」

人生會有什麼了不起的大事！作繭自縛的人，往往自訂了許多看似艱苦卓絕、實則非常無稽的原則，不但困住了自己，也給周遭的人帶來痛苦。可惜的是，人們常常不自知！

——一九九六年六月十三日

藉口

這是一個藉口當道的年代。

自孩童時期，藉口就成了推卸責任的護身符。成績單拿回來，父母的眉頭皺得幾乎打結，第一個藉口馬上出現：「你不知道老師出的題目有多賤！」別的同學呢？「你記得上回考全班最高分的張偉吧！他這回也只考了六十五。」那全班最高考幾分？「別提了！那人根本是變態！居然考九十八分！」

如果拿一張同事的孩子的好文章請他參考，他看完後，準撇起嘴角，不屑的告訴你：「這有什麼稀奇！我們班也有同學會寫！」怎麼你就寫不出來？「我哪是寫不出來，我是不屑！」

稍稍長大些，藉口的花樣也隨年齡的增長而多樣化。

上課遲到是「鬧鐘太菜了，居然沒響！」或「其實我很早就出門，交通阻塞，動彈不得，沒辦法！」電話打得風雲變色、一發不可收拾，是因為「對方不肯放電話，我有什麼辦法？」叫衣服試穿一床的女兒，將屋子收拾了再出門，她一定噘起嘴反問你：「你是要害我遲到嗎？人家已經來不及了！」決定另外結交新人，必對失歡的故人祭出「我們個性不合。」或乾脆找人代為受過：「我媽反對！她含辛茹苦把我養大，我不能讓她傷心！」成天黏住男友、絲毫不鬆懈的人，則撒嬌發嗲：「不是我不相信你，人家是太愛你嘛！」有些膽子較大者，所選擇的藉口也較富冒險性，作業遲繳了，「因為爺爺出殯！」「因為媽媽住院。」算準了老師不會為此大費周章去求證，媽媽好端端在家看包青天和爺爺早死了七年的事都不容易穿幫。

大人的藉口常在夾纏不清的邏輯上耍噱頭。

我見過一位支配慾很強的人，二十年來，不顧家人反對，堅持為他們打點衣著，他的藉口是：「我什麼時候為自己買過東西？我做的哪一件事不是為了這個家！」

讓一天到晚在外頭應酬的人回家吃晚飯，他鐵定苦著臉告訴你：「你以為我喜歡這樣嗎！你以為做生意這麼簡單啊！我不去應酬，你們喝西北風啊！」

一位極端自我的爸爸，在面對幫兒子複習功課的太太要求放低電視音量時，氣憤的說：「我是行將就木的人，看個電視還得偷偷摸摸的！你是怎麼教孩子的？你應該從小養成他泰山崩於前而色不變的習慣，要不然人家打鐵店的孩子都別念書了！真是……」

孩子在外頭闖了禍，被抓進警察局，慌慌張張從麻將桌前趕到的父母總是無辜的說：「我們家小寶本來是很乖的，一定是交了壞朋友，被帶壞了。」

處罰學生的老師被告到教育局，百分之百的校長都會露出驚訝的表情說：「李老師一向非常負責任的，一定是太嚴格，引起誤會。」老師則委屈的辯稱：「我本來只是想稍加示警，可是他的態度實在太壞了，我一時失手……但是，我還不是為了他好！」一旦老師被判刑，就會有部分不明就裡的老師情緒激動的反彈說：「那以後還有誰敢認真管教學生！就讓他們放牛吃草好了。」

準此類推，一旦當上了立法委員，藉口的運用就更是吸納百川、蔚為大觀。不過，究其本質，則似乎逐漸回歸肛門期，看官如果不信，可取與童言稚語相互對照一番：

在飯店裡揍了人，對著攝影鏡頭說：「他們的服務態度太壞了！」（是小華先打我，我才打他！）不堪輿論譴責後，立即改口：「我是喝了酒的關係！」（誰叫你們都不買那種玩具給我！我才搶他的。）在議事堂上公然咬人，也只消像孩子玩家家酒一般說：「他先搶我的國是發言順序名單嘛！」（他先搶人家的玩具嘛！）被指責和黑金掛勾，還厚著臉皮說：「我還不是最壞的！還有人比我更糟！」（我又不是最後一名，我們班還有人成績比我更爛哩！）只要為私利而爭，都可以大言不慚的藉口：「我不這樣做，怎麼對得起我的選民！」（我不參加打人，同學會說我不夠義氣！）

有藉口真好！沒有什麼勾當不能化暗為明，大夥兒因此都有光明大道可以走。

藉口萬歲！大家一起來找藉口！

——一九九六年七月二十四日

實話

說話很難。成天用心說假話，固然惹人討厭，但充其量只引來一番虛與委蛇，一般說來，殺傷力不大；可怕的是隨隨便便說了真話，大則傷人傷心、口舌召禍；小則駟馬難追、得罪人而不自知。因此，說實話比說假話更加危險，因為大部分的人都不願意正視真正的自我，這由綽號的傳真程度通常與當事人的憤怒程度成正比可以看出。生性鄙吝的人，最討厭人家叫他「小氣鬼」；胖子最生氣「豬」的綽號；小時候，長得極瘦，一位可惡的鄰班同學成天追在後頭喊我「猴子」，我回家照鏡子，絕望發現她所言不虛，那種痛恨的感覺，即刻以等比級數迅速增長。

一位讀者就曾經和我大吐苦水，提到一則慘痛的經驗。他們班上和輔大文學院女學生辦聯誼，他為了改善一向保守且不太良好的人際關係，決定遵循專家意見——主動出擊。那晚，在前往會場的途中，發現月色很好，他肯定這是個好兆頭。

於是，被一位貌美的紅衣女郎強烈吸引之下，他至室外呼吸新鮮空氣，並給自己打氣過後，就直奔伊人面前，勉力壓制胸中那隻亂撞的小鹿，假裝自在的寒暄道：

「請問小姐就讀哪一所學校？」

小姐回過頭來驚訝的回問：

「難道你不知道你們是跟哪一個學校的學生聯誼嗎？」

被這一反問，他恨不得咬舌自盡，糗得落荒而逃。他退到室外呼吸新鮮空氣後，決定不能氣餒，於是再度披掛上陣。他的第二個問題追溯更遠：

「那麼，請問小姐高中就讀哪一所學校？」

那位小姐回眸一笑，要他猜，他也很懂風情的和她玩起猜謎遊戲，要求她給個暗示。小姐愛嬌的說：

「好！給個暗示！臺北市的女中……穿白衣服的。」

這位不長腦的楞小子想都沒想，隨即接口：

「穿白衣服的？這我就不知道了！我只知道穿綠衣服的。」

只見那位明媚女子的臉頰一下子綠了起來，轉過身子，故意和別人說話去了。

他不死心，搜盡枯腸，又問女子讀什麼科系？當女子應付似的答說「中文系」時，為了使話題不至中斷，他又不假思索的立刻提供訊息說：

「中文系畢業能做什麼呢？我一位同學的姊姊去年中文系畢業，到現在還沒找到工作哪！」

可以想像到回應這樣的對答的，是如何難看的臉色！於是，受挫的男子只好又退至室外療傷止痛。就這樣，一個晚上不斷的上演相同的戲碼，男

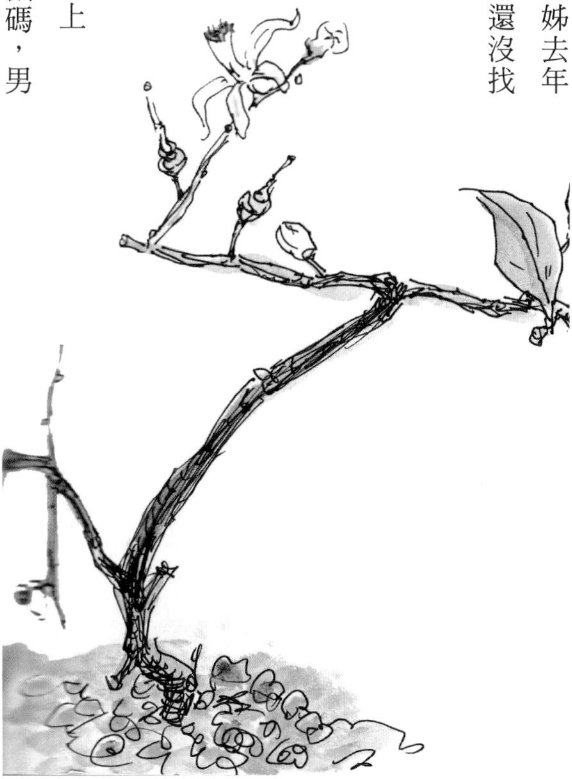

生雖然越挫越勇，女生卻是一路咬牙切齒。讀者一副無辜的樣子問我：

「教授一定要指點迷津！到底哪裡出了問題？難道說實話也不行？」

實話不是不能說，但是，儒家所說的「絜矩之道」很重要，一個人無法將心比心，說出的實話往往像射出的箭一樣的，刺得人哇哇叫。這位讀者其實不是不知錯在何處，而是年紀尚輕、經驗不足，為賣弄風情，弄巧成拙。可是，有些年紀、經驗、學識俱豐的人，也常因漫不經心，隨興應對，不自覺中，傷人無數。一位從美國長春藤名校畢業的理工博士，曾經在第一次被介紹與我認識時，聽說我在大學裡教國文，竟忍不住哈哈大笑說：

「大學國文？誰上呀！以前在清華上課時，我們都蹺課的！」

我一向反應遲頓，聽了後，雖然恨得牙癢癢，也只能咬牙打哈哈應付了事。其後，他不幸遇到我的朋友中的另一位中文同行，同樣的說辭，當場立刻被還以顏色：

「你大概就是因為國文課常蹺課，所以修辭才這樣差吧！」

這位同行反應的靈敏，真是讓人嘆為觀止。然而，一般的凡人都沒有這等敏銳的辭鋒，卻大部分都有跟我一般記恨的惡習，因此，實話絕不能率爾出口。

據我猜測，這位同行也是因為說了實話，所以，下場很慘，被那位記恨的博士娶回家中，終生監禁。

——一九九六年九月五日

管住

在大陸的旅途中看電視，節目名「壯壯的故事」。敘述上小學一年級的壯壯一天的生活狀況。頑皮的壯壯面對鏡頭時，對他上課時的愛講話有誠實的告白：「本質上，我就是管不住自己。我常在心裡說：『管住！管住！』可我就是管不住。」

手握遙控器，舒適的坐在旅館床上的我，聽到壯壯捲著舌頭老裡老氣的說話，不禁啞然失笑。我相信這絕非七歲小孩的口吻，比較可能是出自一位飽經世故的編劇之手。這位編劇可能深為管不住自己而煩惱，所以，找壯壯來代言。而我，也是現成的一個管不住自己的例子。連續幾天旅途的勞頓，最需要的就是熄燈補充睡眠，我不斷的在心裡說：「睡吧！該睡了！要不然明早鐵定起不來。」但按遙控器的拇指卻管不住的在幾個頻道間來回游移。

管住自己好難。寫作博士論文的時候，每每坐上電腦桌，便開始憐惜自己的辛勞，找各種藉口先玩幾局遊樂場的接龍遊戲慰勞一番，停止遊戲的呼聲從沒在心裡間斷，卻常常管不住的一局接一局的玩下去，這時才深刻了然何以有那麼多的孩子終日沉溺在電動玩具店裡。

兒子小時候老沒法兒在規定時間內回家，我和他剴切探討問題癥結所在，責備他不重然諾。兒子也是露出一副無辜的模樣，說：

「我也想準時的呀！我一邊玩、一邊看鐘，看時間還有十分鐘，就想再玩五分鐘才回來。誰知道等我再想起來，跑去看鐘時，就已經超過二十分鐘了。我拚命跑回家，還是遲到！有什麼辦法！」

「那為什麼不剩十分鐘時就回來呢？」
「那多可惜呀！由同學家回來，只要花五分鐘，那我不是浪費五分鐘玩的時間嗎！」

兒子就是管不住一顆愛玩的心，以致常常被處罰；而慣性遲到的大人，也同樣是因為常常拿不出準時的決心，出門前還東弄弄、西摸摸，遲到了才怪罪交通堵塞。

中年發胖的人最管不住的，莫過於口腹之慾。新照的相片中幾乎把整個鏡頭占滿的大臉，最能讓人痛下決心減肥。千叮嚀、萬吩咐，要家人嚴加督促，但一旦美食當前，那顆企圖管住的心立即不戰自潰；潰不成軍之前，還不忘為自己找個冠冕堂皇的理由：

「人生嘛！連吃都不能盡興，活著多無趣！反正就這麼一餐，下不為例。」

一位為先生外遇所苦的太太，很哀怨的歸納出以下的結論：

「男人到了五十歲，經濟有了基礎，地位有了一些，最希望太太死掉，因為太太死了，他就可以名正言順的娶個年輕貌美的老婆。」

有外遇的人，大多是克制不住心猿意馬，雖然也並非不知道外遇的嚴重後遺症，只是總把求變求新的砝碼放得過重，以致無法求得正確的重量。作奸犯科的人也是一樣，總把僥倖的念頭擺在中央，道德難免不被擠到看不到的角落。易放難收的心，一旦鬆了綁，就像離手的風箏，哪知會飄向何方？

我們的教育總偏向對成功、成仁者的頌揚及對奸佞小人的鞭笞，而較少去研究一時管不住自己的人的心境。夜闌人靜時分，翻閱自題「壯悔堂」的兩朝應舉文人侯方域和寫下「我本淮王舊雞犬，不隨仙去落人間」的貳臣吳偉業二人之間，彼此唱和往來的詩文和書信，一點一點走進他們的心靈世界後，才發現最悲苦的人生，不是生離，亦非死別，而是意識清楚的隨波逐流，在重要的關鍵處，管不住自己。

在面臨抉擇的那一剎那，管不住的人，選擇了看似最容易走的道路，卻往往走得最艱難；而及時管住的人，通常決心抉擇一條抵抗力最強的道路，然而，通過了剎那的艱難，卻求得了長久的平安。這個算術很簡單，人人都會算，可惜都算不進心裡頭去。

——一九九六年九月二十六日

記憶

記憶很不可靠。一群人聚在一塊兒，共同回首過往時，常常會產生一些記憶上的爭執，不管是共同生活在一塊兒的親人，或穿開襠褲時期即禍福與共的朋友，經過了歲月的淘洗、搓揉，大夥兒對同一件事情的敘述，往往會產生不同的版本。

我曾經懷抱著深沉的痛苦，反芻被同儕排斥、被嚴厲的母親鞭笞責備的童年達二十餘年之久。然而，在二十年後的小學同學會裡，當我幾乎是聲淚俱下的控訴當年所受的委屈時，一位溫和的同學卻大為吃驚的說：

「以前，傍晚下課，我們一起踏著夕陽餘暉去補習，偶爾還唱著歌，我一直以為我們都很快樂呢！我完全不知道是這樣的……」

一位一向直來直往脾氣的同學亦驚訝的說：

「怎麼是這樣？老師最偏心你了，我一直覺得你好驕傲，都不和我們這些功

課不好的人玩在一塊兒的，怎麼變成我們欺負你呢？」

另一位人緣頗佳的同學則呵呵的笑說：

「我怎麼也沒注意到這樣的事？我只記得每天除了跟老師鬥法外，就是呼朋引伴到這家、那家去玩，怎麼會有這樣的事？」

至於我的母親對我在回憶文字中屢次提到她的嚴厲管教，始則不置一辭，繼則委婉試探的問：

「我有這樣凶嗎？」

終於，在一次閒聊裡，甚至對我表示極度的不滿，她說：

「我不是還滿溫柔的嗎！為什麼你每次都把我寫得凶巴巴的！」

記憶裡如此明確的傷痛，竟有著迴異的解讀，我不禁悚然心驚！原來黑澤明的「羅生門」中言人人殊的撲朔迷離，並不單單見諸刑事案件，而是極為普遍的人生現象。每一位身歷其境的人，因為所站角度的不同，雖經歷著同一件事，卻可能詮釋出不同的心情。而也許也只是某一種特殊的個案，卻因為極度的痛苦或快樂，深刻沉重到不能水過無痕，只能沉甸甸的占據一個角落。可憐的是，歲月對痲木也許無濟於事，卻是悲傷或快樂的強烈催化劑，我的悲傷和驚惶便這樣經過催化、放大後，像春蠶吐絲般，迤邐牽引，把童年包裹成密不透氣的繭，多年來，苦苦掙扎，痛惡自己碎裂的人際，讓幽暗的色彩延伸至少年、青年的畫布。虧得同學與母親的直言無諱，將我自孤獨無依的童年記憶裡解放出來，然後，再回首，居然真的有了全新的視野。

因為記憶的不可靠，有人懷恨益深，卻也有人因著它的誇大的溫柔，而過得愉悅纏綿，一位久違的老朋友，曾在一次微醺的夜裡，藉著黑暗作掩護，勇敢的向我吐露心聲：

「有一個黃昏，下大雨，天色暗得嚇人，同學們有的帶了雨衣、有的家裡人來接走了，你負責收作業到辦公室。回來時，全班同學全走光了，只剩我孤伶伶的一個人，你帶了雨衣，卻陪我到很晚。最後，兩人共同頂著一件雨衣，你冒雨先送我回去。你不知道，那天我心裡有多害怕你會把我一個人留在那裡，多少年來，我每次想起那一個下雨的黃昏，就覺得心裡暖暖的。」

同學富感性的聲音在燭光搖曳的夜裡迴盪，我不自禁地被她的真誠所感動了；然而，即使我如何認真的在記憶裡打撈，竟仍是一點印象也沒有。不曾在我的腦海烙下任何痕跡的同樣一個下雨的日子，卻是朋友常常回味的甜蜜。如此說來，最難測、最無法掌握的還是人心呀！原來，人們心裡決定選擇留住什麼樣的記憶，就為自己選擇什麼樣的人生。

——一九九六年十月十七日

支配

支配是一件讓人非常愉悅的事，這由全世界各地選舉時，總不乏摩拳擦掌、躍躍欲試者，可以證之。雖說「民之所欲，常在我心」，但人民之「欲」，說來抽象，能由「我心」來斷定「民欲」，正是最大的支配。一朝權力在握，所有資源盡由我來支配，高踞上位，呼風喚雨，看著底下想要支配次等資源的人，惶惶惑惑等待關愛的眼神，真是好不愉悅！所以，一旦嘗過權力的滋味，怕是畢生都難以忘懷。

我們升斗小民，雖然沒有大資源可供支配，但支配慾並不減於政治人物，有些夫妻一生致力於支配爭奪戰，從開車的路線，另一半的打扮、家用的分配、家具的擺設、孩子的教養，到選舉哪一個黨派，無不全力以赴。凡不符其支配者，皆打入亂黨之流，不厭其煩的詳加再教育，直到對方不堪其擾而投降，方才罷休。

一位先生提到他那位有著強烈支配慾的太太時，苦笑著說：

「有一回，太太端出了一盤葡萄，我邊看電視邊吃，一不留神，把它全吃光了，太太從廚房出來，氣得罵道：『就不能留一點嗎！非得吃光光嗎？』我自知理虧，只能賠笑道歉了事。過沒幾天，太太又端出一盤葡萄，我吃著、吃著，突然想到前車之鑑，趕緊留下一些，太太從裡屋出來，看到留下的葡萄，又破口大罵：『奇怪欸！留這幾個葡萄幹什麼？就不會吃光嗎？吃光了好讓人洗盤子呀！』你說！娶到這種太太，倒不倒楣！」

另外，一位滿腹狐疑的太太，則是對她的先生多少年來的行徑百思不解，她氣憤的訴苦道：

「從結婚到現在，他一直拚命的幫我買東西。剛開始，偷偷拿著我的一隻高跟鞋，在大太陽下，走遍中山北路，為我找一雙又貴又漂亮的鞋子，我差點感動得痛哭流涕！但試穿之下，發現不大合腳，也不怎麼好看，覺得好可惜。於是，我含笑謝他之餘，請求他下回務必帶我前去挑選。他雖滿口答應，但沒過幾天，又偷偷帶著我的衣服尺碼出去，為我挑回一件價值不菲的套裝，喜孜孜的叫我穿看看，可惜還是不甚合身。從那以後的十多年來，不管我如何翻臉反對，他還是不斷的為我買回各式各樣的衣服鞋襪，每次為此吵架，他總賭咒發誓：『下回再幫你買東西，我就是小狗！』他就這麼不停的做了十餘年的小狗。有一回，我氣極了！把剛買回來的毛衣從四樓丟下去，也只讓他灰心了一個月，一個月後，他又越挫越勇，變本加厲的買，真把我氣死了！我是怎麼想都想不明白他到底是什麼毛病！」

這般不死心的先生，確實讓人感到無限的好奇。在一個秋高氣爽的午後，我終於有機會見識到這位永不灰心的奇人。趁著太太走開的當兒，我按捺不住的試探原委：

「既然你太太這麼不識好歹，你又何必多費事，為什麼不乾脆讓她自己去買算了！」

這位丈夫露出不以為然的表情糾正我：

「這你就不明白了，多少年來，我就希望給她一個驚喜，我就不信沒辦法買到一樣教她完全滿意的東西！」

說到這兒，他還四下張望了一下，然後，壓低了聲音告訴我：

「何況，後來我發現她並不是真的不喜歡，她是純粹為反對而反對。上回，我就看到她把當我面丟掉的毛衣，又撿回來穿！你不知道啦……她跟我這麼多年，我會不了解她！」

一番話真聽得我瞠目結舌。這位先生在支配慾作祟下，視太太的需求如無物，他稱呼自己買東西叫「必要消費」，太太用錢，則一律斥為「無謂的浪費」。這和前述「葡萄事件」的太太同樣患了「支配症候群」，武斷的認定我心所想，即是別人的所「欲」，這種毛病，據說已和 AIDS 同列世紀黑死病，到目前為止，不但還沒發現有效的治癒良方，而且，病症詭異，發作時，患者極度舒爽，而周遭和他打交道的人則痛苦萬狀。可怕的是，病患通常頑強抗拒患病事實，怡然享受舒爽病症，因此，看官交友、擇偶，可得培養洞燭機先的眼光，小心走避，否則，後患無窮！

——一九九六年十月十日

對面

站在自然的對面，想法戰勝自然，是科學發達的原動力；站在學術對面，期望挑戰前人的成果，是學術進步的樞機。站在對面，是為看得更清、想得更明，是為了把隙縫找出，以求對付之道。對問題的解決、對學識的追求，都必須永遠保持旺盛的求知慾，站在工作、學問的對面，銳意向前。

做人則大異其趣。成功的人際，往往是因為和大夥兒站在同一邊。和大夥兒站在同一邊並不就意味著同流合污、沆瀣一氣，

而是儒家所說的「絜矩之道」，所謂度人度己之道，西方人常說的感情輸入法，兒童心理學者所說的同理心。

有一種人堅持站在別人的對面，不管他扮演什麼樣的角色，永遠不願和別人站在同一邊。這種人的生活多半是痛苦的，是充滿殺伐之音的，因為，他隨時準備與世界為敵，他總是在內心裡盤算如何戰勝別人，卻往往輸掉了自己。

當他做孩子時，滿身刺蝟，不時頂撞父母；做父母時，囉哩囉唆，對子女百般求全；做長官時，只顧著自己升官，隨時挑剔部屬的不足；做部屬時，罔顧長官的難處，處處和長官作對。群體中，有這樣一個人成天唱反調，要不熱鬧也難！

喜歡站在對面的人，多半頑固、不容易溝通。所有事情，他都做負面思考，像防賊般提防被陷害，因為心思太密，拿所有和他接觸的人當賊看待；因為他執意站在對面，所以，不傾聽合理的解釋，無法接受善意的建議，從不肯用心去體貼別人的立場或難處，只要和他利害稍稍相關，一切唯自我為中心，只是一意孤行。

這種人如果做的是長官，口頭禪就是「你別以為我不知道你們那些狗屁倒灶的主意！少在我後頭搞鬼！有什麼事，儘管當面跟我說！我是個講理的人。」但是，如果你果真去和他溝通，他馬上認定你是來找碴的；這種人如果是你的朋友，口頭禪就是「不！不！不！你聽我說嘛！」接著必然是一堆指正與批評；這種人如果做了父母，最常說的就是「我說嘛！你就是不聽我的話，現在後悔了吧！」如果衙門裡出了這種職員，他鐵定不肯一次說明清楚必備申請資料，而讓來辦一張身分證的你，跑斷了腿。他常常百般刁難，卻還經常提醒對方：「你也要替我想想嘛！」可他從來不記得替別人設想。

一位在公家機關任職的朋友新近喪母，她含悲忍痛去辦喪葬補助費，負責的職員非常沒有耐心，先是要求她讓別的兄弟的單位去辦，繼則刁難她「女兒不能辦」，接著要她出示相關法令證明女兒也能申請該項補助。然後是死亡證明書、戶籍謄本、兄弟姊妹全部戶籍謄本、兄弟姊妹未領取該項補助的證明書……等等，一次一樣，她先是得去翻法令說服他，再一趟又一趟來回的在各個機關跑，使她在悲痛之餘，更感灰心喪志。如果是一位肯設身處地為他人著想的人，當會感同身受，知道喪家的忙碌與傷心，應可體貼的將必備文件分項條例，以利申請人一次處理。然而，這位可惡的職員還振振有辭的辯稱：「不謹慎行嗎！萬一錯了，我要賠錢哪！你也要替我想想！」

蘇東坡的詩：「橫看成嶺側成峰，遠近高低各不同。」說明了人世的事原是隨著觀看的角度不同，而可能看出不一樣的景致。但是，習慣站在對面的人，如果看到的是峰，絕對摒除其他角度也有可能看起來像嶺的所有可能性。雖然只是幾步路，卻是咫尺天涯，他絕不肯移樽就教，換一個角度來看看人生。

——一九九六年十一月二十八日

接受

人際溝通是當今的顯學。一般都承認，溝通之道首重傾聽，傾聽不能光靠耳朵，是不是用心往往是關鍵所在。

很多的傾訴，志不在得到建議或評斷，常只是為宣洩心中的不快，這時，公民道德拿高分、堅信益友必以諫諍為職志的傾聽者，便往往要感到挫折連連。

一位朋友跟我訴苦，說她的學音樂的丈夫，本來教音樂教得好端端的，就因為一位親戚想便宜頂讓一臺切麵條機器，突然觸動了丈夫從小喜歡做麵食的心事，一整個夏天，天天和她討論提早退休去賣麵的構想。她絞盡腦汁和他鬥法，找各式理由勸阻，諸如公公必然反對、工作辛勞、創業不易……等等，丈夫不為所動，堅持那是他一生最大的夢想，希望太太成全。當所有反對的理由統統失效，冷戰、熱吵全不管用後，幾乎被煩死的太太終於想通了，誠懇的和丈夫說：

「我反對是心疼你吃苦，不過，這些天，我想來想去，人長這麼大，還有一些理想是幸福的。只要你考慮清楚，不管做什麼決定，我統統支持，如果你還是決定賣麵，爸爸那裡，我負責去遊說。」

說也奇怪，從那以後，丈夫絕口不再提賣麵的事，一樁原本以為相當棘手的事，忽然灰飛煙滅。那位太太嘆口氣下結論般說道：

「男人真是讓人想不通呀！」

讓人想不通的還不只是男人。在一次聊天當中，有一位丈夫也對他太太的行為表示不解。他說：

「我太太很莫名其妙！氣嘟嘟的從喜宴回來，跟我抱怨一位朋友不夠意思，忘恩負義，以前她怎樣竭盡心力幫那位朋友的忙，可是，那晚吃喜酒時，朋友卻假裝不認識的樣子，沒正眼瞧她。我跟她分析種種可能性，譬如：你的改變太大，她可能真的沒認出；她也許是近視眼，確實沒看到；喜宴中人潮太多，來不及打招呼……等，她都說不可能。於是，我就反問她：你為什麼不主動和她打招呼？她居然就生氣了，罵我胳臂往外彎，夥同外人來欺負她，一個晚上都不同我說話，真讓我啼笑皆非！女人到底是怎麼一回事？」

不只是婚姻中的夫妻如此，親子關係也是一樣。一位親戚對我大吐苦水，談到她那年近七旬的老母，老是來和她抱怨媳婦的不孝，基於不應搧風點火的小姑準則，她總是勸母親說：

「其實，嫂子已經很不錯啦！現代的媳婦不比以前了，不能要求太多啦！」

母親聽了，總是悻悻然離去，不願和她說話。有一天，母親在她的勸說告一段落時，突然激忿的朝她說：

「以後，你們回娘家，就不用回家了，既然你嫂子那麼賢慧，你們就直接上她那兒去好了！」

她嚇了一大跳，不知道自己哪裡做錯了？母親委屈的接著說：

「每次跟你們姊妹說，你們總說她對、我不對，好像我有多難纏似的。生女兒有什麼用！盡幫外人！我死掉你們就開心了！」

她完全沒想到，本來以為這種息事寧人的做法可以解決問題、減少母親的痛苦，誰知，不但無法息事，反倒讓母親更加傷心。

做母親的，亦復如此。一位母親談到教養的困難，幾乎痛徹心肺。她說：

「孩子成績不如理想，從學校回來，悶悶不樂，抱怨班上成績是全年級最差的，同學間很難有切磋之功。我懇切徵詢他是否有轉班的意願，我可以幫他想辦法，他懨懨然答說不必了；過沒多久，他又回來說：其實，自然組比較難讀，他們班一位功課不怎樣的同學轉到文組去，馬上成績躍進前幾名。我當他想轉組，問他，他居然嫌我煩，我是不想讓他有太大的壓力呀！現在的孩子真彆扭呀！」

習慣以道德教訓做為談話結論的中國人，自己雖然在行事上未必能躬親履踐，但言談中總對真理正義無法忘情，然而，急於求好的結果，往往欲速不達。其實，類似的傾聽經驗，最窩心的做法，恐怕是先行接受傾訴者的感受並分擔他的憤怒、悲傷、難過種種情緒。至於建議、評論的好意，還是等當事人心平氣和後再說吧！

——一九九六年十二月十二日

角力

教養孩子的艱難是眾所皆知。心理學家都服膺「溫柔而堅定」的教養理論，強調溝通時態度要溫柔，執行賞罰的遊戲規則時必守堅定原則，不得七折八扣。凡是養過孩子的人都知道，這話說來容易、做來困難。

規範被破壞時猶能動心忍性，保持溫柔者幾希；何況人有七情六慾，執行賞罰時，難免不受時空及心境的影響而有差別待遇。尤其「堅定」二字最難，父母經常頒布若干守則，卻因婦人之仁，無法貫徹。聰明的孩子通常會察言觀色，知道何時當俯首認罪，何時可以討價還價、予取予求。

下課回家的孩子，多半盤據電視前，不忍就走，任憑母親喊做功課的聲音由溫柔轉為淒厲，家家戶戶的孩子全了然淒厲的分貝到達何種程度時，必有後患；而未到臨界的標準值時，絕不輕言犧牲。親子間的角力便從類似看電視這種細事起始，無所不在。

父母與兒女的角力，說穿了，比的就是誰狠。父母常在角力中潰不成軍的原因，也就在孩子往往比較沒有顧忌，他們有足夠的籌碼，這個籌碼就是父母對他們的愛，父母總不忍心讓孩子吃苦，捨不得讓孩子擔當。一位聽眾抱怨她的孩子總要等到臨上床了，才想起該做的功課沒做，常常因此搞到半夜。我建議她嚴格執行「超過上床時間後，不得再寫功課」的規定，那位媽媽吃驚的回說：

「那怎麼行！會被老師處罰欸！」

「那就讓他被處罰啊！他是該被處罰的呀！」

家長一臉不以為然的樣子，彷彿孩子被處罰是世界末日來到般的可怕，殊不知因大人過度保護而不犯錯的孩子，其實，並不真正具備免疫的能力，實際從犯錯中學習對不良事務的抗體，對學習中的孩子也許才真正具有意義。

說到和孩子的角力，我有切膚之痛。兒子從小極畏起床，一直到高中，每天得千呼萬喚，又拉又推的，方才不情願的起身。一日，忽然聽到朋友提及她那極優秀的兒子，因為住校，沒人叫起床，以致誤了期末考，差點兒被就讀的學校掃地出門。

我聽了，瞿然大驚，這不正預示了兒子將來極可能遭遇的命運嗎？

於是，我決定在大錯鑄成之前，未雨綢繆。我召來孩子，鄭重聲明，從此必須自行起床，不會有任何的協助，包括快遲到時，不會有人大動惻隱之心，開車護送。當晚，兒子攜進高分貝鬧鐘一只，決心自救。翌日，鬧鐘響起，他按掉拔高的響聲，繼續蒙頭大睡。十分鐘過後，我和所有天下操心的媽媽一樣，眼看孩子即將遲到，在客廳開始坐立不安，著急不已。但是，我同時不停地提醒自己：要長痛還是短痛？於是，我選擇離開現場，保持距離，免得自己又萌生「婦人之仁」。

當我到樓下繞了一圈，估量孩子應已出門後上樓，赫然發現兒子才揉著惺忪的睡眼起身，看到壁上的鐘，他驚嚇得大叫：

「媽！媽！完了！你怎麼沒叫我！完蛋了啦！快遲到了！你趕快送我去，也許還來得及！」

我按捺住送他的衝動，拿起報紙，好整以暇的說：

「想都別想！咱們昨晚已經說好了！不叫也不送。」

兒子見我吃了秤鉈鐵了心，比我還狠，乾脆也大剌剌的拿起報紙，看將起來。

「反正已經遲了，乾脆遲個徹底，看報吧！」他說。

我差點兒就狠不過他的改變心意，送他的話幾乎脫口而出，感謝天！我終究沒那麼做，只靜靜的和他一起看報。

那晚，兒子把家裡四個鬧鐘全借進他房裡。次日，在按停第四個鬧鐘後，他自動起床。從那以後，終於一勞永逸，解除了全家人的心頭大患。

過沒幾天，收到學校寄來的遲到通知書，我把它收藏進兒子從小到大所獲得的一大堆獎狀當中，當做他成長的一大指標。我們堅信，讓孩子承擔一點小錯，是避免將來可能的大錯。相較於那些琳瑯滿目的獎狀，我們覺得這張警告通知書反倒是幫助他成長最力的證據，最值得珍視，也最具意義。

——一九九六年十二月十九日

活水

臺大校長陳維昭先生在教育部學術審議委員會專題演講中，慨嘆現今師生關係疏離，教授只注重研究教學，對學生的輔導照顧全不掛懷；多數學生也沒有尊師觀念，不期望老師會給予照顧。陳校長將此現象歸諸現行倫理教育發生了問題，的確是一針見血的看法。但他為挽救時弊，在臺大成立「師道維護委員會」，並於共同必修課程中加入公民教育等做法，依我看，都只是治標，若要治本，一定得從國小階段徹底改革。

教育是百年樹人的工作，紮根不深，很難枝繁葉茂。在人格養成的國小、國中到高中階段，家長只以智育成績來論斷孩子的成就，學校教育又只停留在應付考試或整齊畫一的表相常規的講求，完全忽略心靈的怡養，到大學階段，人格發展大勢底定，才開始謀求補救，恐怕也只是事倍功半。而師道的發揚，又豈能寄望於委員會的維護？

現今教育最大的缺失，是「情意開發」的付諸闕如。博聞強記了許多知識，卻沒有一項學習是真正打進心坎的，所有的學習，只為一個單一的目的——聯考，卻忽略了學習原本是為了讓生活更容易，既沒有教會孩子表情達意，也沒教導學生領略人情。因此，一篇情文並茂的文字，到了課堂上，只剩餖飣字句的異同，殊不知，文字的解說、句讀的分析，只是幫助我們對作品做出初步的詮釋，絕不應視為最終目的。如果缺乏感性的體貼、感受身受，再好的學問，也只淪為一潭沒有生命的死水，怎能為人生的田地引進美麗的天光雲影？又怎能怪學生都不喜歡讀書！因此，教師有沒有能力幫助學生找出被感動興發的緣由，並讓未曾身歷的生命情境，藉由對前人經驗的學習而活躍生動起來，往往是其中的關鍵。如果教育學家沒有認清這樣的事實，光在開放教材、縮小班級人數上打轉，也是無濟於事。教什麼固然重要，怎樣教？教出了些什麼？也許更值得關注。我們談教育鬆綁，該率先鬆綁的是我們的觀念，如果制度改善了，我們的思考模式仍沒有跟上時代的腳步，還停留在古早的年代，一切的改革都是空談。

歷史課只要背熟年代和條約；地理則被支離成一堆集散地和物產的名稱；公民不注重篤行，只要答得出孝順為什麼之本，在家忤逆霸道，家長都不以為意；國文課專考些連文學博士都不一定答得出來的刁鑽試題，以模稜兩可的些微差異測驗學生無謂的精密，學習原為使生活更容易，卻反而製造夾纏不清的糾葛來困住生命，這樣的學習只能使人淪為考試的機器。

師生互動的關係，其實更讓人憂心。我的孩子甫上國中一年級時，一日，下午六點尚未返家，我到校尋找，但見全校漆黑一片，只有孩子的班級燈火通明，我躡足前往，遠遠即斷續聽到老師義正辭嚴的聲音：

「……為了國家、為了民族、常規的建立非常重要。以後再穿有滾邊的鞋子來的、破壞班上榮譽，就記警告。以後……」

闃黑的長廊迴盪著這般攸關國家民族大義的長篇大論，我只為這樣不懂人心的老師浩嘆。教室內，學生交頭接耳、坐立不安；家庭裡，家長焦慮的倚閭而望，老師猶自無視黯澹的天色，滔滔雄論國家民族與一雙滾邊鞋子的關聯，有哪些個人聽得進去！其後的家長會裡，我們又再度見識了他的威力，從兩點直訓話到四點多，只為提醒家長不准讓孩子買滾了邊兒的球鞋。有修養的大人猶且無法忍受，紛紛走避，叫不耐煩卻又無力回天的孩子該當如何？

時代變化如迅雷般不及掩耳。面對莫測的現代及未來，如果還固守舊時代的規範，或以不變應萬變的威權來企圖馴服，如何能讓新時代的孩子心服口服？若口服心不服，又如何能期待得到孩子的尊敬！因此，父母及教師恐怕都該加把勁兒，終身學習的理念應及早落實，只有不斷的和時代脈動接軌，在方法上求變求新，教育才能切中要害，師道也才不必仰賴委員會來維護。

——一九九六年十二月二十六日

詮釋

一位兒童哲學的專家，帶著師院的學生去旅行過後，很惆悵的告訴我：

「現在的學生都不再接近自然了！我帶著他們到農村，看到黃橙橙的稻穗隨風招展，問他們：有沒有人知道一枝稻穗大約可結幾粒稻子？學生們懶洋洋扠腰答說不知。我彎下腰去數，告訴他們大約的數字，學生就信了，當中居然沒有一位彎下身來摸摸稻子，或數看看的！到了海邊，好多人都頂起背包，擋太陽。啊！大自然原來已經這麼沒有魅力了呀！」

我聽了憮然不語。心裡升起兩種感慨：一是現行填鴨式教育，已經斲喪了學生的求真精神，對老師的話，不再有絲毫質疑；一是身為未來國小師資的師院生，如果已經喪失了對自然的好奇，再無一些天真浪漫，如何能啟發小朋友的求知慾和對世界的熱情？

這樣的感慨，卻引起一位理工學科教授不同的看法，他說：

「其實，這樣的現象由來已久，並非今天才開始。中國人一向較不注重實驗，較尊重純理論的研習。我曾經接待一位美國大學的電機專家，他很好奇的告訴我，他有一年去大陸參觀集體農場，發現農場中靜靜躺著一部壞了的拖拉機，每一位學電機的教授經過，總告訴他：『啊！要找個工人來修理啦……現在要找個修理工人很難哦！』居然沒有人停下來檢查一下！於是，這位專家捲起袖子，三兩下就將機器修好了。他說：『不過是很簡單的故障罷了！』所以，學生不彎身數稻粒的現象也許也正起源於這種心理也未可知！學生覺得這不過是件微不足道的事罷了。」

他從民族性的觀點來立論，甚至可以追溯至孔老夫子「吾少也賤，故多能鄙事。」以為彎下身去數數稻子的顆粒，是一件細事，壯夫不為。

同樣一件事，一位少年刊物的主編也有他個人的詮釋。他說：

「其實，將此事解釋成對自然失去熱情或研究態度的差異，可能不盡客觀。第一，現在的資訊發達，孩子們或多或少都累積了一些自然的知識，拿背包遮頭，是因為他們了解紫外線對人體威脅；而沒有彎身去點數，極可能是他們覺得稻子有多

少顆並不是那麼重要。有時候，我們辦活動，帶學生到郊外，你若看到他們那種興奮勁兒，凡事問的模樣，你一定就不會懷疑他們對大自然的興趣了！」

這樣的說辭讓我感到振奮。然而，我隨即想到，會去報名參加類似活動的人，當然對活動的內容必然是有著某種程度的興趣，而這些小眾是否即能代表多數，則是需要再做評估的。

兒子帶著同學回來了，我趁機對他們做了個小小的調查。兒子和他的同學不約而同的說：

「不能作準的不是參加活動的那些人，倒是師院的那些學生，可能比較不能做代表。因為，我們每次到鄉下去，都興奮得不得了！同學都很難克制用手去碰觸的衝動，東摸西弄，每次都要老師慌張的提醒：『君子動口不動手！看看就好！別碰壞了。』實在很難想像有人會這麼冷感。」

原來，一件小小的事情，竟然會衍生出如此多樣的詮釋，這個世界實在有趣！所有對事物的看法，都根源於各自的生命經驗及所關注的焦點。學兒童哲學的教授，重視的是人性中潛藏對自然、對世界的好奇與天真的熱忱；學理工的學者，憑藉自身的研究體會，歸納出學習態度的中西差異；鑽研少年問題的主編，則就長期來對少年的觀察，有較樂觀的體恤；學生們則非常主觀的論定自己才是主流，不必為少數的冷漠憂心；而我，這些年來，一直沒有停止對教育問題的思考，很自然的就以以往的觀察為起點，做出未必客觀的結論。而世界的美妙也許就在這裡：人人從不同的角度切入，提供了一個多角度的豐富人生。

——一九九七年一月二十三日

糊塗

年終歲暮，談一點開心的事。

再認真、嚴謹的人，也有糊塗的時候，這是我近日的體會。外子一向以重紀律、守規矩聞名，凡事一絲不苟。前日，開了我的車子上班，下班竟坐交通車回家，這就算了，上樓來還問我：「你的車停哪兒去了？怎麼沒停門口？」那天，真讓我開心透了！結婚近二十年，第一次逮到他的糗事，我很快周知諸親友，以見迷糊並非我的專利，即使再細心，也難逃糊塗之追捕。

一位醫生朋友，平日對病患望聞問切，極為精密。那日，難得抽空和女兒聊天，聽就讀北一女的女兒談同學趣事，他哈哈大笑之餘，突然語出驚人：「你那同班同學是男的？還是女的？」氣得女兒半日不同他說話。

一位同事更絕，在交通車上和一位有雙胞胎弟弟的男同事談了半小時他那雙胞胎弟弟的事情，臨下車，居然開口問：「你和你那雙胞胎弟弟究竟誰先生出來呀？」引起一陣哄堂大笑。

依我多年來對「糊塗」的研究，糊塗其實也有輕重度之別。男人忘記太太的生日或忘了把應酬時的口紅印滅跡，小孩忘記洗澡、做功課，太太忘記帶鑰匙出門或一上街就忘了櫥子裡還掛著一堆衣服，學生忘記繳報告，老師走錯教室……等，都算是輕度迷糊；重度迷糊是前述迷糊事的總和出現，且出事率高過正常率。

我的糊塗，遠近皆知。原先，尚且知恥，還圖洗雪，但惡習積重難返，也不知從何著手。日子久了，遇到糊塗事被逮個正著，乾脆齜牙咧嘴一番，俯首認罪。

一回，我的指導教授生病。外子用摩托車送我到臺大醫院門口，隨即驅車離去。我上樓和老師聊了兩個鐘頭，下得樓來，就在臺大門口，足足找了半個小時車鑰匙，等到判定鑰匙已丟後，又慌慌張張找了半個小時摩托車，然後，絕望地詛咒可惡的小偷及臺北的治安，才頹然離去。回去，赫然發現車子好端端的站在大門口。

一回，我在家裡的白板上，見到一個陌生的電話號碼，分明是我的字跡，遍詢家人，都說與他們無關。我本想擦掉就算了，但是，見字跡蒼勁有力，旁邊還打了個星星的記號，像是很重要，不敢輕易抹去。於是，決定一探虎穴。電話撥通，對方也是個女人，一場奇異的對談於焉展開：

「請問你們這裡是哪裡？」

「請問你要找誰？」

「我就是不知道要找誰，才撥這個電話的。」

「你這是什麼意思？你不知道要找誰？那幹嘛打這個電話？」

「很不好意思！因為家裡白板上有這個電話，看起來很重要的樣子，怕耽誤了事情，所以，打過來問看看！很冒昧哦！」

「不會！不會！那……我們從哪裡開始？」

電話那頭的女子興致很高的樣子，她決定豁出去了。於是，我們從互報姓名及雙方年齡開始，名字不熟悉，年齡倒相當！嗯！那會不會是小學同學？你是臺中人嗎？不是！是苗栗。那你是不是東吳畢業的？半天之後，終於確定與本人的關係應該不大；接著是外子的朋友的可能性，跟中科院有關嗎？先生是不是清水人？

當兵在哪裡？有沒有親戚姓蔡？十分鐘後，雙方決定放棄這條線索，另闢蹊徑。孩子於是緊接著上場，幾個小孩？各念什麼學校？呀！中正國中！對！對！對！哪一年級？哪一班？折騰半天，終於真相大白。原來是在國中唸書的兒子星期天出門前，我讓他留下的同學的電話號碼！天啊！我這腦袋！

比較嚴重的是，用提款卡去郵局、銀行領錢，幾次都只抽出提款卡及明細單，棄現金於不顧，便邊瞧餘款若干，邊掉頭離開。很令人感動的是，雖然如此，卻從未真正

遺失過，有兩次回頭去找尋時，善心人士都等在那兒，如數奉還；一次，因久未取出，被鎖進機器裡，機器隨即打出「故障」字樣，次日，請行員順利取出。

這般的幸運，可不一定會發生在你的身上，所以，切記請勿模仿！不過，這般溫暖的糊塗經驗，卻讓我因之對臺北人有更美好的評價與期待。

——一九九七年二月六日

情趣

聽過這麼個故事，一直擺在心裡警惕自己：

先生出國進修，太太和三歲的孩子悠遊度日。母子倆閒來無事，背《三字經》排遣時間，在廚房、在屋外的草坪、客廳的地毯上，媽媽一句，兒子跟一句，幾乎快背光了，就剩了點兒。爸爸回來了！一次，兒子在眾人面前現了一段，爸爸又驚又喜，決心帶領孩子將其餘的背完。那日，清早即起，爺兒倆端坐客廳，爸爸一句，兒子跟一句，正經八百的唸著唸著，爸爸生氣的聲音越來越大，兒子啜泣的聲音越來越淒慘，最後是哭聲夾雜怒斥聲，不但後半截的《三字經》沒背成，孩子從此聞《三字經》則色變，再不肯開口唸一句，他恨死《三字經》。

這個故事給我的啟示是：遊戲中的學習往往事半功倍，而缺乏情趣的教育常使人視為畏途。

不僅是學習，在煩亂喧囂的世界，缺乏了情趣幽默，人際關係也不免蒙塵。一位家住臺北的朋友任職南部，每兩星期回北部一趟，為增進親情，他規定回去的那個星期六晚餐，不問任何理由，必須闔家同聚，共享天倫。行之數月後，一日，因為公司臨時出狀況，不能如期回去，他非常愧疚的打電話回家，原以為家人會失望的怪他不守信用，沒想到電話那頭居然傳出妻子和兒子的一陣歡呼聲，兒子興奮的鼓掌道：

「哇塞！爸爸不回來欸！好棒！應該懸掛國旗慶祝！」

他簡直不敢相信自己的耳朵！他沮喪的同我抱怨：

「做人有什麼意思！拚死拚活賺錢養家，碰到一群忘恩負義的傢伙！想起來真灰心！」

同情之餘，我也不免好奇，到底這位可憐的爸爸回家時都做了些什麼事，竟惹得妻子、孩子如此反應？朋友委屈的回答說：

「哪有時間做什麼！我只是覺得平常都沒有盡到做父親的教導義務，好不容易全家聚在一起，該講的話盡量掌握時機在飯桌前提醒一下而已。兩個禮拜才回去一趟，孩子的功課不該關心一下嗎？太太迅速發胖不該提醒一下嗎？女兒伶牙俐齒，不該責備一下嗎？」

聽到這兒，在座的朋友全笑開了！一位太太笑得岔了氣，說：

「完全跟我家那口子一個德行！吃飯就吃飯嘛！盡挑不營養的話說。跟兒子說：『我聽你媽說，你最近越來越不像話，厝裡不是旅館，你給我小心一點，皮癢哦！』然後回頭看到女兒偷笑，又扳起臉孔訓斥：『妳嘛共款！一間房間像豬槽！敢有像一個查某囡仔人，以後誰敢娶妳，我就輸妳！』我勸他吃飯時別把氣氛搞僵，影響消化，他又說：『就是你把囝仔寵壞，還有臉說！你是要等到囝仔到火燒島才管是不是！』真把我氣死了！當初怎麼會看上這麼個沒情趣的人！」

訓話不挑時機，不講究方法，正是一些振振有辭的家長管教失當的通病，他們迷信義正辭嚴，不肯相信幽默與情趣常能達到意想不到的功效。

沒有情趣的家長教不出幽默的孩子，孩子在伸出觸角探觸世界時，幽默的觸鬚只要有幾次被怒斥為「嘻皮笑臉」或「不正經」，幽默與情趣便會像含羞草般緊張的縮回。

兒子從學校回來，笑談同班一位嚴重感冒的同學，在感冒藥水上題上「男子漢」三字自娛；我的學生在回答我對他身高的詢問時，模仿電視奶粉廣告上孩子稚嫩的聲音說：「我像大樹一樣高！」久未見面的學生，驚訝的問我：「老師！你搽歐蕾嗎？」先生和太太一起聽音樂、喝咖啡，覺得無限幸福的先生突然問太太：「你覺得貞觀之治有像現在那麼好嗎？」

一句幽默的話不但能自娛娛人，往往還能潤澤人際，化腐朽為神奇。

——一九九七年二月二十日

共享

一位經常在各個課堂上提各式各樣稀奇古怪問題的學生，忽然問我：

「教授！您為什麼寫作？」

我嚴陣以待，正思考著如何用準確的語言來表達這麼朦朧且不易界定的問題，學生見我躊躇，突然唐突的補充：

「是為名？還是為利？」

我不禁笑起來。隨即和他解說，依我所寫的文字想在臺灣的文壇出名或謀利的不可能性。學生犀利的再度出招：

「那你投稿幹什麼！你在學校裡，學生這麼尊敬你，你何苦寫了東西寄到報社去，讓那些年紀輕輕的編輯對你挑三撿四，搞不好還退你的稿子！」

我對這樣聽起來有些不太禮貌的話，當然不太開心；但是，當教授的可不能小器的和學生計較，我反問他：

「如果你想到一個很好的笑話，你會蒙起被子，自己偷偷的咀嚼回味？還是找個人說給他聽？也許你覺得很棒的笑話，聽的人覺得不怎麼，等你說完過後會說：『一點也不好笑！』你會因為他一個人的反應不理想，就從此忍住，不再說笑話嗎？人不都有和別人『共享』的慾望嗎？」

學生聳聳肩膀坐下，看起來，他不像被我說服，倒比較像被我弄糊塗。我忽然想起兒童哲學家楊茂秀教授的一場演講「一個故事兩張臉」，他提到幼童總對聽同一個故事不厭其煩，《白雪公主》聽了又聽，到幾乎能倒背如流了，還纏著大人說；大人敷衍說錯了，他還會糾正你，但是，他就是一再喜歡重複的聽。因為，故事本身是一張臉，這張臉是一成不變的；而說故事的人有另一張臉，這張臉卻隨投入、共享程度的深淺而顯得千變萬化。孩童比較在意的是說故事者的這張臉，如果說故事的大人心不在焉，孩子是不肯善罷干休的，他會一直注視到那張臉神采飛揚為止。

我不禁又想起多年前孩子還小的時候，一向依各項指南過日子的外子，為貫徹

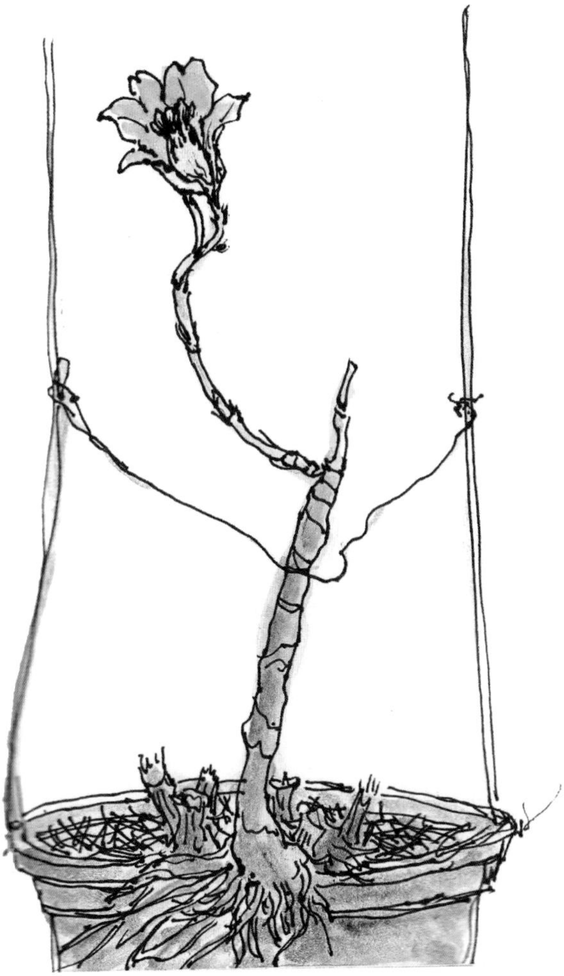

幼教指南中所強調的親子活動，每遇星期日，清早即起，將睡夢中的大人、小孩全喚醒，備上風箏、飛盤、呼拉圈……等玩具，一路直奔郊區的中央大學或中原大學，實踐專家的叮嚀。到達目的地，將一干人等傾倒出車外，取出各式玩具，然後，先將眾人腕上手錶對準，接著清清喉嚨吩咐：

「現在是九點鐘，你們可以玩到十一點，十一點整，再回到原地集合，聽清楚沒？」

說完，解散，他隨即取出雜誌或書本數冊，找一蔭涼處所，開始六親不認的看將起來。起始幾回，孩子還企圖拖他下海玩遊戲，幾次被婉拒後，就不再遊說他了。如此這般，過了半年左右，星期天的期待逐漸變成孩子的負擔，終至有一天，天真的孩子們很抱歉的跑來徵求爸爸的同意，說：

「以後，我們可不可以不陪你去郊外看書？你可不可以自己在家裡看呢？」

大人往往感嘆為孩子花費金錢、犧牲時間，孩子卻不領情，其間的關鍵就在缺乏共享的愉悅。買了鋼琴，逼孩子彈，或硬撥出時間帶孩子去山葉音樂班學習，卻沒心情坐下來傾聽或為稚嫩的琴音鼓掌；花大錢買套書給孩子，限期閱讀完畢，自己卻不願聽聽孩子的心得，只顧和八點檔連續劇打交道，難怪只能和孩子大玩官兵抓強盜的遊戲，成天做扳著臉孔的官兵。

孩子喜歡大人和他們共享，大人又何嘗不然！先生回家喜孜孜的大談自己在辦公室的豐功偉績，最忌諱太太兜頭潑冷水；太太回家控訴長官的無理要求，最需要聽到丈夫的同仇敵愾。不拘男女，做了飯菜，就希望有人一掃而空或邊吃邊稱讚；談戀愛時，逢人便傾訴，唯恐天下人不知另一半有多可愛。不管快樂或悲傷，有人共享，快樂加倍，痛苦減低。

一位育有三位資優兒女的同事，每日總像轉述連續劇般，在學校大談兒女的諸種資優事蹟，她那張說話時眉開眼笑的臉，最能詮釋「共享」的意義。

——一九九七年三月六日

誠意

到麗水街附近的一家寧波菜館去吃了幾次飯，是十分家常的菜，心情上也是十分家常的。餐館的牆上，張貼著影印的吃食專家的推介文字及幾則有關該餐館的特殊料理的剪報，看起來是努力在為餐館打廣告的樣子。讓我覺得十分納悶的是，這麼努力推銷著菜色的餐廳，卻僱用了十分缺乏敬業精神的侍者，使得全家人每回在步出餐廳大門的同時，都不約而同的搖頭嘆息。

有兩次，我們在點完主菜之後，到前方放置小菜的櫃前，又點了些小菜。我注意到，守在那兒的侍者，從頭到尾，沒抬起頭，一逕撥弄著蔥燒鯽魚、油燜筍。等我回到座位時，她卻將我點的小菜，送到剛進門、還脫著上衣的那桌客人桌上，而當我提醒她弄錯時，她猶然不知情，神情呆滯的說：「哦！你們也要同樣的小菜啊？」

即使在說著這話的同時，眼睛也是茫然的投向不定點的他方，另兩次則是該上的菜，一直到酒醉飯飽甚久，卻還尚未上桌；經探詢後，原來廚房忘了！待要取消，卻又說剛下鍋，真是讓人進退不得！幾乎每次光顧總有不同的失誤狀況出現，不是漏寫了客人點的菜，就是菜上錯了桌，儘管飯菜十分可口、價位亦公道，但幾次下來，踏進餐館的腳總不免踟躕。

這讓我想起日本導演伊丹十三的作品《蒲公英》裡，連吃一碗麵，都要先用愛憐的眼光注視，做一碗麵，都要充滿感情的說法，是不是在事事都但

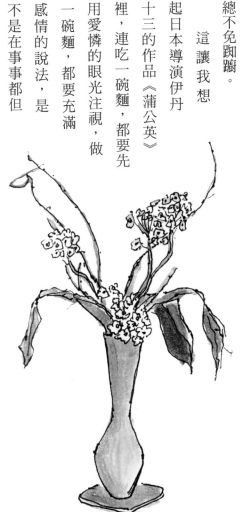

求速成的現代，這樣的敬業，已成神話！餐館淨在外觀、宣傳上著力，卻疏忽了客人的直覺感受，一雙東瞄西看、卻沒把客人放進瞳孔的眼睛，就像筵席上，握著你的手卻看著別桌貴客的朋友一般，給人很不舒適的感覺。

臺灣火車上、公路局站的播音，從我很小的時候，就開始用一種很奇怪的聲調播報各種訊息：

「臺中到了！臺中到了！到臺中的旅客，請準備下車！」

黏膩平板、毫無表情的聲音。如今的部分國內航線，在飛機起飛時的安全措施示範說明時，也沿襲此種陋習，幾乎難以辨識的怪腔怪調，迥異於一般人的說話方式。早期，我們會把它詮釋為特殊的專業語調，對它十分尊敬；幾十年下來，實在想不明白有什麼理由必須如此說法，似乎不想讓人聽得太明白，連同潦草的示範動作，都給人隨便應付了事的職業倦怠印象。

敬業和樂群，都根源於「誠意」二字，臺灣俚語不是說「誠意呷水甜」嗎？誠意要從小培養起，在家的時候，老拿父母的叮嚀當耳邊風，玩具不收、好吃懶做；念書的時候，對老師的規定，聽若罔聞，作業遲繳，考卷上的字跡東倒西歪；出社會交朋友，不重然諾，小則經常遲到，大則見利忘義……追根究柢，都是根源於對「人」的不尊重，缺乏誠意。據我多年教學的觀察，出社會後，能在事業上有較大且穩定發展的人，往往是在學校時，待人和善，作業繳交絕不拖延，繳來的報告一絲不苟，充分顯示對「道」的重視及對「人」的尊敬的學生，那些上課遲到、打瞌睡，卻率爾批評老師、同學的人，常常因為對人的誠意不足，對工作亦顯示極度的輕忽。

所以，做事之前，恐怕得先學會做人，人際與事業，一以貫之，「誠意」而已。

——一九九七年三月十三日

潔癖

大四那年，初次打工，賺到平生第一筆薪水，連同薪水袋，我悉數拿回家裡，母親接過後，取出鈔票點數完畢，突然開口說：

「國父的面，一張向面頂，一張向下腳，完全無秩序，講你多會做代誌，我嘛不愛相信！」

滿心以為會得到稱讚的我，委屈得差點兒掉下眼淚。母親的潔癖，無處不在，鍋碗瓢盤洗得晶亮不說，抽屜裡的衣物，平整妥貼，只要有人稍加翻動，立刻警覺；看過的報紙，疊在一起，像用刀子切過一般的整齊；隨時抽查她晾的衣服，永遠像班兵教練圖般的劃一。小時候，幫忙做家事，不管如何戰戰兢兢，總無法讓母親感到滿意。母親在生活上的潔癖，讓她及家人都吃足了苦頭，她卻篤信「公民與道德」所講：只要養成整齊清潔習慣，才會有快樂的人生。

女兒從學校回來，氣鼓鼓的抱怨道：

「有一些同學好討厭！中午睡覺時間不睡覺，偷偷講話，影響班上秩序，害我們班被扣分，沒辦法拿到秩序比賽的獎牌！這些害群之馬……」

我看她講得如此激憤，不禁問她：

「你是班長嗎？還是風紀股長？」

女兒駭異的看我，責備我：

「這關係到全班的榮譽欸！我雖然不是班長，也不是風紀股長，但『班上興亡，人人有責』！媽！難道你完全沒有榮譽感嗎？」

一番話說得我好不慚愧！我想到自己高中時就活脫是女兒口中的害群之馬，青春勃發的年紀，誰耐煩趴在桌上睡午覺！總呼朋引伴圍坐一張課桌，頭擠著頭，悄悄談些心事或比手畫腳說故事，這算什麼罪大惡極！我於是反問道：

「那你又能怎樣？罵她們嗎？」

女兒露出不屑的表情說：

「我才沒那麼無聊哪！我只是氣憤的看她們一眼而已，我才懶得理她們哪！」

那一剎那，我終於了然女兒在國中時何以會得罪校園內的角頭老大，甚至慘遭校園暴力的攻擊了！眼中不時射出道德批判的刀子，任是誰都要受不了的！這種道德上的潔癖，只宜拿來律己，取來責人，是會讓人感到異常難受且召來禍端的呀！

這讓我聯想到一樁往事。多年前，一位同事發現學校給的鐘點費扣繳憑單裡，將鐘點費歸類在稿費項下，為著可能省下的一些些所得稅，她興奮地提醒辦公室內的其他同事。憑良心說，在單調的教學生涯中，乍然聽到可占些小便宜，大夥兒都忍不住有些亢奮起來。就在此時，另一位剛正嚴明的同事進來了，聽到了這則消息，面無表情的說：

「我覺得納稅是國民應盡的義務，我們又何必和國家去計較這些小錢，我以能多納稅為榮！」

頓時，整個辦公室內鴉雀無聲。所有臉上猶然掛著煞不住笑容的臉孔，全覺得被狠狠刮了個可恥的耳光；尤其是腦筋轉得快些如在下者，馬上聯想起自己身當化育英才的重責大任，居然禁不起這麼點兒逃稅的誘惑，簡直羞得恨不得一頭撞死算了！

不管是生活上或道德上的潔癖，都因源於對人性缺乏深刻的包容。他們通常有過人的毅力與修持，對人們居然無法輕易克服弱點感到不解與憤怒。前些天，我還聽到一位以公司為家的工作狂，對前來請婚假、度蜜月的下屬說：

「當年呀！我根本沒有去度蜜月，結婚第二天就來上班！哪像你們！」

有潔癖的人多半艱苦卓絕，勤勉好學，他們沒辦法同情人偶爾會有一點點躲懶之心；有潔癖的人大多高風亮節，他們不認為人性當中偶爾有一些些的小奸小詐是可以原諒的。如果他們的孩子在考試時粗心，他會說：

「你要是不會就算了，明明會，卻算錯，罪加一等！」

若是真的因為不會而考了低分，你也別指望他的「算了」，他會改口說：

「你敢給我考這種成績！若只是粗心弄錯也就算了，你根本沒讀嘛！」

《老殘遊記》裡，老殘慨嘆清官比貪官更可恨，指責的就是類似的潔癖。自命清高者，懸道德高標以衡世，舉凡不符標準的，統統打入亂黨之列，毫無通融餘地。一般的人際關係亦復如此，若缺乏同情的了解，遲早會把自己推向越來越泥濘且狹窄的人際裡。

——一九九七年四月十七日

時機

兒子和女兒經常在晚上十一點過後，磨磨蹭蹭跟到床邊，壓低了嗓門和我說話。躺在另一邊兒的外子慣常指著手錶埋怨說：

「都什麼時候了！有話不早些說，老是等到三更半夜。去！去！去！回房睡覺去，有話明天再說……」

這時，我總是躡足而起，和他們一起到書房晤談。藉著黑夜的掩護，許多難以啟齒的心事，便在昏暗的燈光下娓娓道出，我因之分享了兒女在成長過程中一件又一件不輕易透露的祕密；母子間，也因此培養出共患難、同悲喜的關係。溝通的要訣無數：接受、尊重、同理心、理性、客觀……幾乎是大家都知道的事，可是，真正身體力行時，卻往往忽略了掌握時機的重要性。孩子有話要說時，父母沒時間搭理或沒心情聆聽，等到時機一錯過，大人再想停下腳步和孩子溝通時，孩子卻早已意興闌珊了。

孩子幼小時，做父母的忙著應酬，一雙手勤於和別人打招呼，卻疏於伸向渴求擁抱的孩子。機會一經閃失，便永難追回，它可能也正意味著一輩子的親情疏離；孩子拋出一連串的「為什麼？」來探索宇宙時，父母若沒能掌握瑪麗亞・蒙特梭利

在《童年之祕》一書中所謂的「成長敏感期」，付出更多的耐性為他釋疑，則再多的奶粉恐怕也無法使他「高人一等」；孩子遇到困境時，家長未能掌握時機，伸出援手，也許就因此鑄成無法彌補的大錯。一次，新聞時間，記者訪問一位飆車少年，問他知不知道飆車的危險？飆車少年對著電視鏡頭侃侃而談：

「我們當然知道是很危險的啦！只是我們早就把生死置之度外了！」

這樣的回答真是讓做父母的痛斷肝腸！我卻相信，孩子之所以能輕易將生死置之度外，是因為家長沒有及時將愛孩子的心意表達出來，自認為沒人心疼的孩子才會不顧死活的在速度中競逐。

因未能掌握時機而造成的悔恨，隨處可見。可惜的是，對具體且當下的損失，人們似乎比較容易覺察，也比較願意傾注關切。如商品未能如期交貨所造成的虧損，進場買賣股票時間的錯失所造成的套牢等，但實際上，這些都尚且有扳回的餘地，並非無法補救；而有些不易覺察的時機的漏失，往往才是人生憾事的形成。「少壯不努力，老大徒傷悲」是針對學習時機流失的警惕；「樹欲靜而風不止，子欲養而親不在」是指陳孝養時機錯失的悔恨；「夕陽無限好，只是近黃昏」是對良辰美景不久長的感嘆，往深處看，又何嘗不是提醒人們良機稍縱即逝，應及時賞鑑！然而，這些關係到生命品質的大損失，卻經常在無意中被人們所忽略過去。

這些年，我對學生學習過程當中，經常遲繳作業的事實特別有所感慨。幾乎每學期無論如何三令五申，每班總會有二至三位學生堅持不在預定時間內繳交報告或作業，有些滿不在乎，有些則以種種藉口來企圖逃避責任，教老師傷透腦筋。一回，一位學生拿著已寫了十幾張的作業來和我商量，她說：

「要我今天如期繳出作業也行，我已經寫了十多張了，只要再添個結尾就成了，但是，我自己還是不滿意，我覺得我可以寫得更好，老師！再給我一個星期時間好嗎？」

我跟她再三強調重然諾的重要，並告訴她，學習不只是專業知識的求取，更重要的是做事方法及原則的培養，而準時繳交報告正是能掌握時機的表現。然而，這位同學不為所動，堅持「不願自欺欺人」。她說：

「我這是追求品質。老師等著看我的報告好了，絕不會讓您失望的。」

過了一個星期，我收到一份厚厚的、文情並茂的報告，內容豐富、見解獨到。我足足頭疼了好些天，不知如何給分。學生打電話來確認我是否收到報告時，驕傲的告訴我：

「去年，我每一科也都遲繳，但每一科老師還不是都給我最高分！我真的很認真的。」

在品質及時機的掌握間擺盪。我思考良久以後，決定不該鼓勵本位主義，培養一位將來可能以「拖」字訣來對付人生的人！

——一九九七年四月二十四日

輯三　面對世界的荒謬

暗夜

好不容易在窄巷中找到停車位，我頂著微弱的星光，戰戰兢兢的行走於寂寂的暗夜。一整天的忙碌下來，已是疲態盡露，但是割喉之狼的新聞甚囂塵上，儘管腳步顯得踉蹌，卻也不敢掉以輕心。我眼觀四面、耳聽八方，小心護住喉部，加緊腳步。

邁開大步走著，突然想到自己這副小頭銳面的猥瑣模樣，不禁「噗哧！」笑了出來。就在這一分神的剎那，一連四部摩托車忽然不知從什麼地方竄出來，由身邊呼嘯而過。我嚇了一大跳，本能的縮起脖子，護住皮包，往路邊一閃。看到四位騎士清一色白色長袖襯衫、黑綢長褲，因為速度很快，寬白袖在風中飄飄鼓動。四位騎士的身後各載了位側坐的白衣短裙少女。八個飛揚的生命，恣意的在黑夜中沒命似的奔馳笑鬧。我撫住胸口，搖了搖頭，正預備再度起步，冷不防卻見那幫人又回頭直往我衝過來。還來不及害怕，為首的已軋然煞車在我面前，我驚嚇得連連倒退數步，那男孩突然綻開笑容，朝我朗聲說道：

「阿姨好！」

是誰？我在記憶的底層不斷打撈。似曾相識的臉孔，故作老練卻掩飾不住稚氣。他見我滿臉狐疑，不好意思的解釋道：

「您忘了，我是蔡包的同學，有一天傍晚被老師罰站，你幫我們講情的那一個啊！」

「記起來了！記起來了！」我一迭聲的說著。那男孩霎時露出天真的笑容，在我還來不及反應時，又催動引擎，揚長而去。我情急之下，拉開嗓門高喊：

「騎慢點兒啊！聽到沒？來找蔡包玩啊……」

聲音隱沒在四部取掉消音器的摩托車聲中，不知道他聽到了麼？我悵然獨立，久久不能自已。

約莫三年前的春假過後，兒子的學校開始實施課後夜讀，由家長輪值當班伴讀。大約是第三天吧！輪我負責訂便當，六點左右，做完家事，我信步走到學校，一方面看看夜讀環境，一來也瞭解一下便當是否合孩子們的胃口。上了三樓，才發現已是小睡片刻的時段，每間教室都熄了燈，家長則或發呆，或細聲聊著，或在廊上踱方步。我躡手躡腳迎上去，春夏之交，廊上猶有昏黃的餘暉，驀然見到五位學生杵立在那兒，半大不小的孩子，正值發育期，長手長腳，快快然佝僂著背，尷尬且藏不住似的杵立著，臉上有股莫名的憤懣。

「怎麼啦？」我走上前，低聲問道。

「我們去打球，回來晚了幾分鐘，老師生氣了！不讓我們進去，要我們罰站。」邊說著，汗水猶淋漓著。一個高個兒憤恨的補充：

「才翻身多投一球，遲到一點點，就這樣……」

「一球也不應該呀！要遵守規定嘛！以後不可以這樣，知道嗎？」

「知道！」五位學生零零落落答道。

正處生理、心理同時劇變的尷尬年齡，爆發力十足，不去打打球，抒發一下因準備聯考而蓄積的鬱卒，確實是件挺難受的事。何況，這麼大個人，在光天化日之下被罰站，來來往往的老師和家長無不投以詫異的眼光，這和處罰應在私下為之的

教育理念也是不相合的。我於是和他們說：

「我去同你們導師說情一下，看能不能原諒一次，下次可真的不行了！」

另一位孩子則很悲觀的回說：

「他一定不會答應的啦！罰站過後，他還不准我們三個比較晚到的人留下來讀書！要趕我們回去，說以後都不能來！」

我笑起來說：

「老師在氣頭上，等他氣消了，再跟老師道歉，好不好？」

沒想到，果然不出學生所料，老師為建立常規，堅持不肯絲毫退讓。我折衝良久，無功而返。燈亮起，夜讀時間開始，兩位情節較輕者歸隊，遲到五分鐘的三位被迫離校。

天已全黑了，樓梯間一片闃暗，我陪著受挫的孩子下樓，不知怎的，心痛如割。用著顫抖的聲音叮嚀他們務必回家，不要在外逗留。說著說著，竟淚如雨下。孩子們全被我弄慌了，當時，就是這位飆車的騎士，急得向我保證：

「我保證我們一定馬上回去，真的！你不要哭。」

如今，三年過後，我們又在暗夜裡相逢，那年，心中蠢動的不安，似乎隱然成真，我完全不知道這和常規的建立是否有任何的關聯。但是，那一夜，我說項不成後，孩子們溢於言表的失望之情及暗夜中摸索著出校門的情形，卻一直深深烙印在我腦海之中，揮之不去。

——一九九七年七月十八日

遺憾

人生的最痛是永遠無法和既定的遺憾抗衡，這些遺憾有的可歸咎於選擇失當，有些是因為人謀不臧，可是，還有很大一部分，甚至連個理由都遍尋不著。學業一路順風的高學歷父母，最遺憾的莫過於面對怎麼教都無法開竅的兒女；身強體健的夫妻，不明原因的生不出孩子；認真工作的員工，被莫名其妙的裁員；最被民意肯定的官員，在大搬風的內閣改組中落得淚眼迷離……雖說，君子無入而不自得，但生就動靜合宜的真君子少，一般人總還得經過一番克己復禮的工夫，因此，如何想法和遺憾妥協，或者化解遺憾，就變成畢生學習的重要課題。

鄰居有位賣菜的太太，有天到家裡來串門子，含淚向我控訴先生是個大騙子：因為結婚多年，卻一直向她隱瞞自己是個文盲。最近，才從鄰居無心的言談中，發現這個猶如晴天霹靂的事實。她激憤的說：

「我當晚就問伊，伊只是無事人共款說：『我什麼時陣騙過人，我九世人不曾講過我識字，你也不曾問過我，這款見笑死的代誌有啥米好講的。』你看這種人有可惡否！不止安捏，還給我想到當初和他交往時，伊還敢在上衣袋仔底插了一枝原子筆，騙肖也，不識字插筆做啥米！去坐公車時，還假仙在那裡看站牌，這不是騙人是什麼？」

我聽了，忍不住忘形的哈哈大笑起來，讚道：

「哇！你先生實在有夠巧！」

那婦人用哀怨的眼神譴責我：

「不是恁先生，你當然安捏講！讓你碰上，你才知有多衰！」

我趕緊收拾起笑容，像醫生問診一樣，正色的問她：

「那你還沒發現他是文盲之前，你們生活有什麼不方便嗎？」

「是沒啥米不方便啦！擱毋正猴哩！在市場賣菜的時陣，算帳擱比我要卡緊哩！」

「既然沒有什麼不方便，識不識字又有什麼關係！」

婦人被我這麼一說，愣了一下，不甘心的反駁道：

「話不能這麼說，不識字就不識字嘛！騙人做啥！我就最討厭人騙我！」

於是，我直搗問題核心：

「如果你早知道他是文盲，你還會嫁給他嗎？」

「又不是頭殼歹去！誰會嫁給文盲！好歹阮還是國中畢業的哩！」

「對！答案終於出來了。他不認得字，卻在上衣口袋插筆、在站牌下裝模作樣，就是存心騙你，讓你上當！他為什麼要這樣千方百計的騙你？你知道嗎？」

「誰知道！他神經啊！」婦人負氣的回答。

「我知道！因為他愛你！不想失去你，所以用盡心機騙你到手，因為，如果他告訴你實話，你就鐵定不肯嫁他！……想一想，有人這麼愛著你，你多幸福啊！換作是你，你肯冒著這麼大的風險去騙人嗎？萬一，有人當場要他掏出筆來寫個什麼字的，這不就糗大了嗎？堂堂七尺之軀，你以為他這樣做，不需要幾分勇氣嗎！你看，他有多愛你！」

婦人吃驚得半天說不出話來，隨後囁嚅著說：

「哪會變作即款……嫁著不識字的人反倒轉是我的幸福！恁讀冊人就是會說話，橫直我講不贏恁！」

婦人表情怪異的走了。過沒幾天，我在市場上又遇見她，問她想通了沒？她撫著微凸的肚子，無可奈何的說：

「想未通也無法度，囝仔已經兩個半，要不，是要安怎！」

婦人終究還是選擇和遺憾妥協，也許，她也明白若一意向天、或向人求取公道，反而得付出更多的代價！給自己帶來更大的遺憾。

然而，委委屈屈的妥協終不如歡歡喜喜的接受。另一位我素所敬重的朋友，在接受遺憾方面，顯然較這位婦人的境界就更高了。她對兩位資質平庸的孩子，有異於常人的評價：

「我這兩個女兒，長得雖說不是很漂亮，但是很有人緣；雖然功課平平，但是很乖！從來沒有給我找過麻煩；雖然反應不是那麼快，但是人很厚道，不像很多伶牙俐齒的孩子般張牙舞爪；雖然婆婆老叨念著要我再生個兒子，其實，她不知道女兒貼心啊！」

而對她那位又矮又胖、又囉唆又猥瑣的丈夫的詮釋，則更是讓人歎為觀止：

「你別看他矮，矮人聰明啊；別以為他胖，肌肉結實得很；雖然有一點囉唆，但還不都是為孩子好；虧他會東挑西選、討價還價，錢摳得緊，要不然，憑我們那麼點兒死薪水，房子貸款哪能那麼快還清！」

壯哉！斯人斯言。一個人能如此寬闊的詮釋人生，遺憾其奈我何！

——一九九六年七月二十五日

堅持

結婚二十周年，二人歡歡喜喜找了家情調不錯的西餐廳慶祝。食物十分精美，談得也很開心，二十年來，雖然大小的吵架不斷，總算都能化險為夷，二人共同回首往事，笑談兒女種種，不禁眼眶微潤。夜漸黑，侍者輕手輕腳為每一桌點上燭火，搖曳的燭光、浪漫的音樂，許久沒有這麼羅曼蒂克了，結婚前，他們常常在西餐廳約會的，這些年來，甘為孺子犬，粗礪的生活，連音樂都嫌奢侈。怕不有也接近二十年了吧！除了應酬外，夫妻單獨相偕在外約會，恐是頭一遭哪！

侍者彎著腰，撤走了碟盤，輕聲問道：

「附餐要咖啡？還是紅茶？」

太太要了杯熱咖啡，先生點了紅茶。侍者正待退下，先生突然叫住他，不放心的交代：

「紅茶裡不要給我加糖。」

侍者允諾後，先生猶自補充說明：

「因為我有糖尿病，不能多吃糖。三酸肝油脂過高，血壓也不正常，還有尿酸不對，肝功能……」

侍者聽他冗長的病歷後，彎身退下。太太不可思議的看著燭光下先生的臉，憤恨的質問：

「為什麼你要告訴他那麼多？你是唯恐天下人不知道你有這麼多的毛病嗎！」

先生也火大了，大聲的回說：

「怎麼！我有這麼多的病痛礙著誰了！為什麼就不能說！為什麼每次你總是等在那兒抓我的毛病！」

於是，高高興興的一頓飯，弄得不歡而散，紅茶、咖啡全沒喝成，兩人都賭咒絕不再一塊兒出來。

事後，兩人分別振振有辭的向朋友訴苦，都覺自己委屈不已，對方無聊透頂。

太太說：

「人老了，越變越怪異，怎麼也想不透他為什麼要這麼做！莫名其妙！」

太太堅持用自己的思維模式來怪罪對方的無稽，不肯多花一些些的耐性來探究事出的原因。而先生對自己這麼個奇怪的舉動也有嚴正的辯解：

「餐廳裡的紅茶，常常在端出來之前，先就加了糖，我可不願意讓別人以為我是個麻煩的人。我讓他別加糖是有不得已的苦衷的。」

這位先生堅持用很麻煩的方法來證明自己是一個不麻煩的人。夫妻二人各有堅持，無能做深度的溝通，人生因之經常「化玉帛為干戈」，使得生活品質無由提升。於是，類似以下這般無謂的爭執便充斥於周遭：

「太太！切些哈蜜瓜來吃吧！」

「聽說有糖尿病的人不能多吃哈蜜瓜，多吃血糖會太高！」

「我哪有多吃！連瓜都還沒見到哪！莫名其妙！」

「我哪有說你多吃！奇怪欸！我只是告訴你不能多吃，連這樣也有得吵！」

「就想吃一片哈蜜瓜而已，囉哩囉唆的！不吃可以吧！都留給你吃總行了吧！煩死了！」

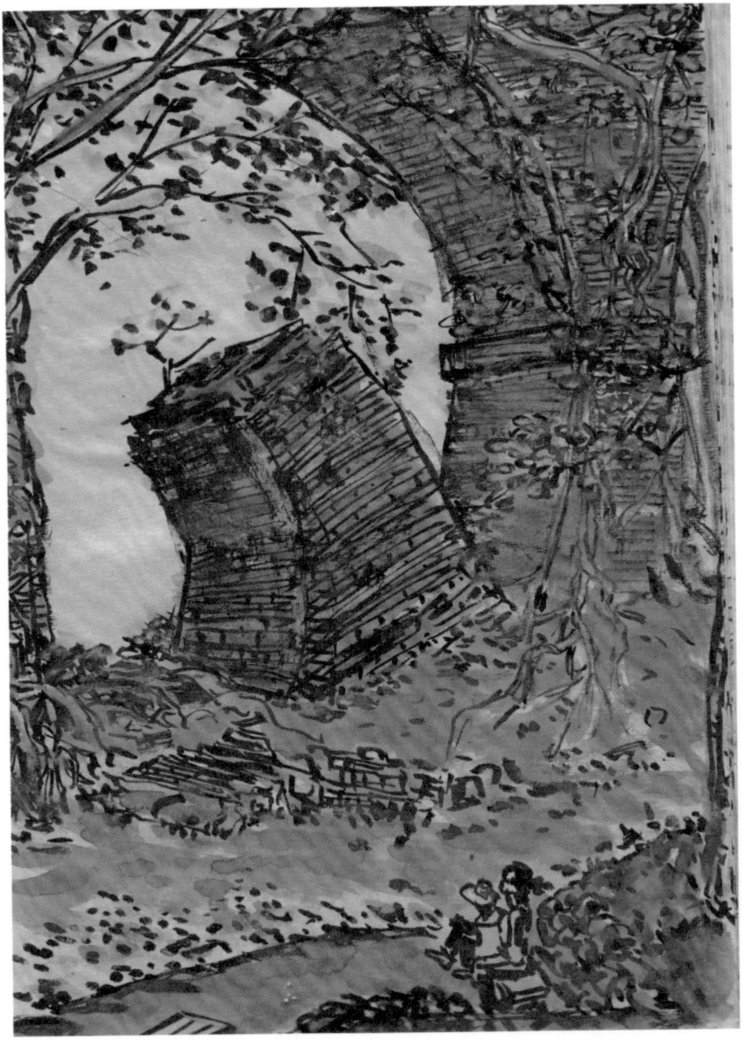

「你這個人才真是莫名其妙哪！說都不能說，民國都建立了，你還搞專制啊！」

善意的關懷被扭曲成惡意的干涉，人間因而少掉許多美麗的風景。

蘇東坡云：「橫看成嶺側成峰，遠近高低各不同」最能曲盡人生世相。因所站角度不同而對事情有不同的看法乃理之自然，學習站到對方的角度去思考問題，是溝通的不二法門。在這個變動不居的時代，堅持站在自己的位置去詮釋所有的世相，並強調唯一的選擇，常常是種錯誤。

——一九九六年八月一日

荒謬

軍法官在講臺上侃侃而談，提醒大夥兒要保管好自己的識別證，否則，一旦遺失，必接受記過以上的懲處。會議結束，人群中，一位女士拍著胸口，慶幸的說：

「幸好我老早就把它藏起來了，萬一丟了，可麻煩大了！」

朋友從城市的東邊來訪，相談甚歡，主人問起客人停車於何處，客人眉飛色舞的回說：

「最近在家裡附近找到一個很好的停車位，我捨不得開走，怕一開走，就再沒法兒停到一個好位置，所以，我出門總是坐計程車。」

教授休息室裡，被學生戲稱「滅絕師太」的教授得意洋洋的展示他的殲滅工夫：

「前年我當掉了四十個學生，去年，學生聽說我的厲害，選修人數銳滅，只剩了二十七人，我又當他二十名，哈哈！今年這門課終於因為選修人數不足而開不成了。我這個人是一點都不肯馬虎的，課開不成，是學生自己的損失。我才不在乎。」

女兒老把橡皮擦弄丟，成天和我搶橡皮擦用。我鄭重警告後，又買了個新的給她。奇怪的是，她仍不時的來借用我的。責問她，她幽幽的回說：

「人家怕又丟嘛！而且，新的橡皮擦好漂亮，拿來擦了，多可惜！我已經把它收進我的寶物盒裡，我會好好保管的，你放一百二十個心好了！」

鄰居的張媽媽一生劬勞，孝順的兒女為了慰勞辛勞的媽媽，大夥兒湊錢為她安排了休閒的大陸之旅。十多天過後，到機場接機的兒女全大吃一驚，原本精神奕奕的張媽媽，變得奄奄一息，她有氣無力的說：

「累死人！整個行程像「趕」死隊般，上了長城、登了泰山、趕了千佛寺、爬了大雁塔、看了紫禁城、遊了頤和園……地陪在前頭領著，領隊在後頭趕著，全陪在中間吹著哨子，好不容易氣喘吁吁趕到目的地，還來不及看一眼風景，哨音又起，像催魂一樣。一大早，morning call響起，我們幾個年紀大些的，就相對嘆氣……以後，你們可別讓我再去旅行，我寧可在家擦地板還輕鬆點兒！」

同學的爸爸馬伯伯，和一群老友去了趟日本後，感慨的嘆道：

「我注意到團隊中的成員，只要是夫妻同行的，太太總是鬱鬱寡歡、臉色灰灰的，沒什麼光彩；反之，丈夫過世的老太太，總是玩得很盡興，一副神采飛揚的模樣，笑聲爽朗，言辭麻利……這給我很大的震撼，我們男人實在可悲，活著的時候，孩子、太太覺得受到束縛，嫌你囉唆，也就認了；死了以後，居然能帶給她們這麼大的快樂！」

姪女興高采烈去知名婚紗攝影社取回結婚照。回來後，嗒然若有所思。我取過一看，安慰她：

「照得不錯嘛！很像啊！」

她惆悵的回說：

「就是照得太像了啦！真討厭！人家林曉真照得好漂亮，一點都不像本人，像電影明星欸。我照的這家太遜了！」

識別證本為便於識別，卻為了怕不慎遺失而藏諸祕密所在；汽車本為代步而購，卻因停車不易而未敢輕易開動；教書本為傳授知識，卻以當人為能；橡皮擦本為實用而買，卻因太漂亮而捨不得用；旅遊本為休閒，卻成了魔鬼訓練營；結婚本為相愛而廝守，不料卻反為痛苦的束縛；照相本為真實的人生留下見證，卻期望拍下不屬於自己的美麗。人生何其荒謬！

——一九九六年八月八日

偏見

大學時，教《荀子．解蔽》時，老師曾說了個故事來解說人的偏見是很可怕的，他說：

一位私塾的老師，有事外出，交代兩位學生好好自習，切莫打瞌睡，學生唯唯以諾。等他歸來時，兩位學生都拿著書睡著了。老師非常震怒，因為偏見，他叫醒了素所厭惡的張得恭，氣忿的呵叱他：「看看你！什麼德行！拿著書就打瞌睡。」他隨即指仍和周公打著交道的李得彪說：「看看人家李得彪！打瞌睡都還拿著書！要多向他學學，知道嗎？」

當時，全班同學聽了，都哈哈大笑，以為老師說了個有趣的笑話。走入社會，對人世稍有認識後，不知為什麼，常常會不時的想起這個故事，而且越來越相信它不只是個笑話。

常常去洗頭的美容院老闆娘育有一子一女，兩個孩子都天真可愛，見我去了，總喜歡向我展示他們新學到的本事。當小女孩上前時，老闆娘總是用笑瞇的眼睛，愛憐的看著，不時的鼓勵誇讚兩句；而當較大的兒子上前時，她總一逕緊抿著嘴，嚴肅的呵叱：「就愛現！」幾次下來，我忍不住要為兒子抱不平。老闆娘的理由聽起來似是而非：「兒子嘛！要嚴格些，他太柔弱了，動不動就哭，我這是為他好。」

一日，兩個孩子結伴在閣樓

裡。女兒突然淒厲的哭了起來，正為我洗著頭的老闆娘，不由分說的衝著樓上喊道：「哥哥！怎麼又打妹妹啦！妹妹！我們下來！」妹妹帶著勝利的笑容爬下樓來，久久不聞哥哥的聲音，我提高了嗓門問道：「說說看，妹妹為什麼哭？」哥哥這才哽咽的回答：「人家在寫功課，妹妹非要搶人家的筆，我只是不肯給她，她就哭了。」是個單親家庭，母子三人相依為命，而一個未經求證的罪名、一句充滿敵意的「妹妹！我們下來！」的話，硬生生把一個受委屈的七歲男孩孤單的遺棄在黑暗的閣樓裡，偏見所造成的傷害，往往就在這般無意識的三言兩語裡。

今年暑假之初，趙廷箴文教基金會資助一批優秀的中文系學生及高中老師出國做文教訪問，我幸運的有機會與他們同行。一路上，中央大學蔡信發教授對古蹟文物等的詳明且淵博的解說，使得團員們都嘆為觀止。但高中老師和同學同行，難免有些思想及行為上的隔閡，由老師對這些隔閡的不同思考及處理，可以見出現行教育恐怕得多一些寬容，少一些成見，否則，極易造成對立。譬如學生在遊覽車上，齊聲高歌，歷兩個半小時而不輟，有的老師便讚道：

「現在的孩子真行！又會讀書，又會玩，可比我們年輕時候強多了！」

但是，也有人不做如是想，搖著頭歎道：

「也不留點兒精神，明天早上又爬不起來！」

一旦有了成見，即便是優點，也都看成了缺失，這時，人和人之間的鴻溝無形中便出現了。因此，如何去除成見，用較寬廣的胸懷來包容人生，恐怕是大人應率先自我惕勵的！

——一九九六年八月十五日

體罰

大兒子上小學的第一次考試，得了一百九十六分，外子和我欣喜若狂，只差沒登報周知諸親友，想到一個渾不知事的傻小子，從學校學了這麼多的成績回來，簡直對老師無限感佩。下得樓來，見兒子的一位同班同學，低頭在巷中玩踢格子遊戲，我笑問她考得如何？孩子低聲回說：

「很壞啦！被我媽打四下。」

我無限同情的追問：

「怎麼了？都不會嗎？考得多壞？」

孩子依舊低頭，沮喪的說：

「只考一百九十八分！我媽說：少一分，打兩下。」

我立在當地，差點哭起來。這位媽媽居然只看到孩子失去的兩分，而沒有看到孩子得到的一百九十八分，何其可惜啊！人們常常去計較失去的東西，卻往往忽略了已經擁有的幸運。

前些天，鄰居讀小學二年級的小孩回來向她媽媽轉述了這麼一件事：

「我們班上同學張立亭今天好可憐，被我們老師打手心打十下，哭得好傷心！」

原來張立亭考試只得八十八分，他和一位得九十六分的同學商量，將名字擦去並互換，然後帶回家給家長蓋章。事跡敗露後，被老師嚴懲。聽了這事，我心情霎時沉重起來。是怎樣嚴格的家教逼使一個小小年紀的兒童要如此大費周章的投機取巧！八十八分的成績將給這孩子帶來怎樣的處罰？打了十下之後，老師是不是還和家長做了哪些溝通？而老師十下的體罰有達到嚇阻的效果嗎？

體罰有效嗎？一位朋友的孩子剛上中學時，可能因適應不良，天天丟三落四，不是忘了皮帶，就是穿錯鞋子，要嘛就是體育服、制服老搞錯，幾乎每天被老師打手心。開學時學校規定得繳一塊抹布，他忘了帶，老師打了幾下手心後，嚴厲的交代：

「明天罰兩塊（抹布）！」

傻呵呵的孩子，第二天帶了兩塊錢去繳給老師。缺乏幽默感的老師怒從中來，認定他故意找碴，又重責幾大板。

是個憨厚卻糊塗的孩子，越體罰越膽戰心驚，父母束手無策，不知該如何來為此事去和老師溝通。每日傍晚看孩子沮喪回家，心疼不已，也不知如何來幫忙。如此持續一月有餘，一天，孩子歡天喜地回來，宣布今天終於沒被體罰，父母聞言，喜得幾乎掉下淚來，兩老執手相看，鬆

了一口氣，讚道：

「總算脫離噩夢了！……老師怎麼說？」

孩子害羞地低頭說：

「老師今天心情不錯，她說：明天一起算帳！」

父母相對愕然，眼淚紛紛落下。

孩子的噩夢終於在第一次段考成績發表後戛然中止，優越的考試分數似乎能抵消老師對他的糊塗的恨意，從此，老師再也不在他面前高訓常規的重要，反而一反常態的要全班同學向他的用功看齊。

體罰沒有原則，不評估功效，也沒有輔以改進的方案，甚或流於情緒的宣洩，都是關心教育者的憂心所在。平心靜氣的和孩子共謀改進之道，以鼓勵好德行來減少偏差的行為，才能真正達到教育的目的，可惜的是，還有不少的老師及家長迷信體罰的功效，實在讓人扼腕嘆息。

——一九九六年八月二十二日

官僚

近幾年來，每到大安戶政事務所辦事，就覺得精神為之一振。多年前，和公家機關打交道時，那種腐敗、官僚的氣息，完全一掃而光。電腦化作業固然是其中很重要的一環，但是，最大的改變還是在人的部分。工作人員臉帶微笑，在民眾等待的過程中，甚至還有茶水招待，有幾次還看到有人主動耐心的幫忙不識字、或忘了戴老花眼鏡的老先生、老太太填寫表格，覺得分外溫暖，我也因此每次不忘給這些敬業且可愛的先生、小姐致上謝意和敬意。

聊天時，和南部的朋友提到這般的感想，馬上得到附和，顯見非但臺北地區的公務人員有了改進，這樣的改革，原來是全面性的，真是讓人聞之雀躍不已。

多年前，我去申請一份戶籍謄本，親眼看見工作人員從櫃臺內丟出一張申請書，並厲聲痛斥一位不識字的鄉下老翁：

「不識字也敢來申請東西，你家裡人都死光了嗎？誰有那閒工夫幫你填！每個人都這樣，我還要做事嗎？」

那位老先生滿面通紅，誠惶誠恐蹲在地下撿申請表格的情形，一直深印腦海，揮之不去。當時的我，年紀輕、臉皮薄，儘管義憤填膺，但是，見滿屋子男女都悶不吭聲，也不敢仗義執言，只有默默接過老先生的資料，幫忙填寫，至今對自己當日的懦弱行為，仍引以為恥。

那位行為乖張的女職員在我依約於當日下午上班時間去領取謄本時，還足足讓等候的民眾鵠候半個鐘頭以上，先是遲到二十分鐘，好不容易看見她的身影姍姍來到，又等她十分鐘時間在同事間分發手中提著的滷雞爪，並好整以暇的啃完她的滷味。雖然，其間也有性急的民眾陸續催促，但都被她以手勢四兩撥千斤的揮開。那時節，民不刁，官卻普遍「僚」，大夥兒習以為常，都頗能忍辱負重，不料，就在女子啃完最後一個關節的剎那，突然一位高壯黝黑的男子衝上前去，憤怒的罵道：

「你還要啃幾隻？啃多久？你有沒有搞錯！上班時間欸！讓這麼多人等你啃雞腳，你也吃得下去！真是豈有此理！你們主任呢？叫他出來！什麼跟什麼！」

因為這位男士勇敢的登高一呼，眾人方才你一句我一言的罵將起來，那位囂張的小姐見眾怒難犯，才悻悻然丟了骨頭，開始工作。而輪到我取件時，小姐沒好氣的說：

「還早啦！下班前再來拿，還沒辦好。」

可恨的是，當我四點半三進戶政大樓時，卻見工友正徐徐放下鐵捲門。我身手矯健的彎身竄進，小姐整了整卷宗，面無表情的朝我說：

「下班了！明早再來。」

「怎麼會這樣？你們不是五點才下班嗎？」

「今天要開會，提早下班。」

「我就拿一張謄本，舉手之勞，可不可以拜託一下，我很急哪。」

「你是耳聾是不是！聽不懂嗎？下班了，誰不急，急的話，就早點來辦。」

她斬釘截鐵的訓話完畢，回身就走。我愣在當地，氣憤難當，可又不知如何是好。偏此時，一位看起來西裝筆挺的先生突然從裡屋出來，很不耐煩的衝著我說：

「快出去！出去！下班了！不管做什麼都明天再來！」

像趕小狗似的，不由分說，我和其餘幾位民眾便從側門被趕了出來。後來，我才知道那位無禮的男子就是他們的主任。終於，我恍然大悟，原來是先有這樣的領導，才有這樣的屬下，當下打消了「上訴」的企圖。

多年之後，在一次無意的閒聊中，得知那位舉止乖張的小姐終於在一次類似的無理行徑中，被一位壯士揍得鼻青眼腫。老實說，我雖然極力克制人性中惡劣的幸災樂禍本質，但是，仍不禁高興的笑將起來，而且，第一次深刻感受到中國自《史記》游俠列傳以來備受民間揄揚的俠客確有存在之必要。

——一九九六年九月十二日

遺傳

遺傳是一件非常奇妙的事，它不問你樂不樂意，就這麼黃河夾泥沙俱下的複製了一代又一代，有的是疾病，有的是形貌，有的是個性。疾病的遺傳，最是可怕，醫學研究者正絞盡腦汁，期待找出抗拒的良方。形貌的遺傳則常常讓人憂喜參半，是好是歹，半點不由人。星期天傍晚，往中正紀念堂的廣場走一遭，會發現扶老攜幼的人群中，就有那麼幾對的父子或母女，像是大小號的同樣模子印出一般，別說容貌相彷彿，走在他們後面，發現踢出去的步伐相似，連頭都偏向同一邊，教人看了忍俊不住。

一位朋友生了個兒子，長得聰明俊秀，好不惹人疼愛，他的太太逢人便炫耀。一日，忽然在婆家翻到朋友幼年時的照片，居然長得和兒子一模一樣的可愛，頓時灰心起來，說：

「想到這麼可愛的小孩，將來長大了，也不過就像先生一樣的平庸，根本就無法忍受！」

一位鄉下的親戚突然過世，倉促之間，翻箱倒櫃，找了張底片送洗，掛在靈堂及靈車上。喪事辦完過後，妻子整理東西，才赫然發現掛的根本是死去多年的公公的照片，親朋好友，甚至兒女，居然都渾然不覺，可見其相像的程度。

形貌的神似，還在其次，最讓人驚訝的是個性及習性的遺傳，才真是教人束手無策。不管你曾經如何痛惡，它就隨著年齡的成長，一點一滴的從生活中滲透出來。一位少年從軍來臺的老兵，在聽到父親仙逝的消息時，面無表情的同我說：

「我是不會為他掉一滴眼淚的。父親一生為人苛吝，記得小時候，母親和他要錢買菜，總要磨上半天，苦苦哀求，像個乞丐一般。我上小學，每逢繳交費用，就覺傷痛，因為父親總是百般刁難，也並非沒錢，就是喜歡看我們求他，總到過了期限，才將錢不情願的丟到地上，而我每每得跪在地上，滿地找錢。那時，心裡真是痛恨極了！我暗暗發誓，將來絕不讓我的小孩受同樣的苦！」

那般沉痛的控訴讓人心驚！然而，沒隔幾年，就聽他太太氣急敗壞的抱怨說：

「我先生這些年，越來越詭異！跟他拿錢買菜，得說破嘴不說，那天，上小學的兒子要帶一把鉗子到學校去，他硬是不肯。兒子說他已經答應了老師，他說：『不是你的東西，你憑什麼答應別人！』孩子苦苦哀求，他就是不為所動！孩子一向重然諾，晚上擔心得沒睡好，早餐吃不下，向他發誓下次不敢，乞求網開一面，他終究還是不肯答應，只冷冷的撂下一句：『這是給你的一個教訓！看你以後還敢自作主張嗎！』」

我聽了大吃一驚！曾經為他如此痛惡的父親的德行，怎麼就這樣毫不留情的被複製了過來！而在一個機會裡，我甘冒大不韙的提醒他這個事實，他氣憤的駁斥道：

「這怎麼能相提並論！我這是為孩子好，從小不教他辨別是非，長大了還了得！」

我惘惘然，無言以對。

一位從小飽受父親酗酒之苦的孩子，在父親發酒瘋，拿著斧頭胡亂揮砍時，驚惶的緊緊抱著哭泣的母親，抖聲說：「媽媽！不怕！不怕！」令人看了心酸不已。他在小學的作文簿上，屢次寫道：

「喝酒是最壞的事，以後，我一定滴酒不沾，不讓媽媽傷心！」

「爸爸喝酒以後，好可怕！我討厭喝酒的爸爸！」

可惜的是，孩子長大後，並沒有記住自己的承諾，稍稍受到挫折，也像他所痛恨的爸爸一樣，立刻向酒精靠攏，不顧流淚的母親。

看多了這樣的事實，往往會立刻感受到人力的薄弱無能，挑戰別人容易，戰勝自己太難！雖然，許多人憂心基因工程的發展將破壞自然的律則，甚至淪為野心家的工具，但面對如此可怕的遺傳，我們有時還真要對它寄予厚望！

——一九九六年十一月六日

兩難

小學時，念過一篇文章，寫到父子二人牽驢子到鎮上，面臨騎和牽、父騎或子騎的兩難局面。孩童時，不曉事，只覺故事有趣，不及思考其他。涉世越久，才知道類似的兩難，在生活當中，幾乎比比皆是。

在一次親子關係的座談裡，為人父母者正大吐苦水，感歎父母難為；座中突然有位二十歲左右的少女起身慷慨陳辭：

「你們都說現在的孩子難教，其實，我們做孩子的也是滿辛苦的。像我爸，是中油的高階主管，每到夏天，聽到屬下的孩子又考上了臺大、北一女，回家就罵我們不爭氣，給他漏氣。其實，姊姊唸師院，當小學老師當得有模有樣；我雖然只是五專畢業，但是在公司裡，也很得老闆器重。可是爸爸不滿意，覺得我們應該可以更好，常譏諷我：『成天帶個 B.B.CALL，跑來跑去，自以為很重要……唉！

是不是風水不好？還是祖上沒有積德呀！』他還因此大費周章的給祖墳改方位。爸爸給我太大的壓力了！」

話未說完，另一位也是差不多年齡的女子也迫不及待起身聲援：

「我的情況正好相反。我爸爸壓根兒看不起我，我考上五專，很不滿意，爸爸說：『已經很好了！要不然你想考上哪裡！』畢業後，交了一位男友，我也覺得不夠好，爸爸又說：『已經很好了！要不然妳想嫁什麼樣的人？爬到天上去摘星星呀！』」

在座的父母全笑開了，對孩子期望高，孩子受不了壓力；不給孩子壓力，孩子覺得父母瞧不起她，其間分寸的拿捏真難，這越發證實了做父母的兩難。

曾經聽過一個有趣的廣播節目，主持人訪問一位導演，請他空中為聽眾講解做清蒸魚的方法。導演三言兩語說完後，主持人說：

「你說得太簡單了，聽眾聽不懂的啦。」

導演納悶的反問：

「說簡單反而聽不懂，奇怪哦！那要講到多複雜才聽得懂？」

的確！簡單和複雜原是一線之隔，有些事必須化繁為簡，才能理出頭緒；有些事是必須鉅細靡遺，方得心領神會。我們經常依違在兩者之間，很不容易找到平衡點。

旅遊歸來，送洗的照片取回，兒子照出來的照片，清一色的風景，難得有人入鏡。我看了極失望，取笑他：

「全照風景，不照人，乾脆買明信片算了。」

團中有位老師，單身前往。照片的風景裡，全是她的大頭。她的兒子看了，也是無限失望，笑著和他爸爸說：

「笑死人了！全是媽媽的大頭在鏡頭裡，乾脆在自己家裡拍就行了，幹什麼千里迢迢跑到歐洲去照！」

大夥兒談起，不禁笑倒，真是照與不照間，妾身千萬難啊！

前年到南京開會，會後暢遊蘇杭等名勝。同行的美學專家劉光能教授，最氣人家逢字必照，以為沒有氣質，莫此為甚。我為了不讓他看出我的缺乏美學素質，一路戰戰兢兢，輕易不敢在題字旁留下紀念。照片洗出後，千篇一律的花草亭臺，寺廟書院，缺少了題字，沒個輔助說明，完全無法辨識地點，拿著照片，光齜牙咧嘴，訥訥的說不出是什麼地方。孩子們甚至疑惑的問：

「你真的去過大陸嗎？為什麼連自己去了哪裡都不知道呢！」

到底照相是為履踐美感經驗呢？抑或為紀念曾經到此一遊呢？

人，常常接受各項考驗，面臨兩難。

——一九九六年十一月十四日

醫德

前些年，我在人間副刊發表一篇〈你有資格生病嗎？〉寫了一則荒腔走板的就診經驗，沒料到引起一些醫師的回響，也因此在副刊上展開了一番筆戰。我力戰群醫，看起來似乎是孤軍奮戰，其實，從文章一刊載起，接獲從報社轉來的信和直接打來的電話就接連不斷，和我一樣有著切膚之痛的病人，紛紛和我大吐苦水，其中多半集中在抨擊醫師的醫德上。

如今，事隔多年，前日和王浩威醫師見面，他突然舊事重提，回家的路上，我不自禁的對這老問題重作思考，在消費意識日漸抬頭的現代，各個官僚體制及服務業，都不得不對這個觀念給予適度的回應，而做為既是服務，又可能是官僚機構的醫療單位的醫師，是不是也做了哪些善意的回應？讓我們來看看以下的案例：

一位久為不孕症所困擾的太太，曾經和我抱怨，在她的求診過程當中，始則在掛號時，因為害羞以致聲量過小，被負責掛號的工作人員大聲呵斥：

「不孕科就不孕科嘛！幹嗎那麼小聲！怕誰聽啊！」

結果引來所有大廳中的人的側目。繼則在就診時，因為布簾未曾拉上，她遲疑的沒有立刻褪下衣物，而要求護士先行拉上布簾，馬上被心急的大夫奚落：

「誰看妳啊！有什麼好看！真是……」

害得這位已經非常沮喪的

婦人，差點兒多增了一項憂鬱症的病歷。

一位老先生向醫生訴說各項病情，醫師極簡淨的問他：

「幾歲啦？」

「七十了！」

醫生隨即用很輕佻的口吻回說：

「七十了！差不多了嘛！也該了！」

這不是瞎編的情節，是我親眼看見、親耳聽到的事實。我總是忍不住想提醒這樣的醫生：誰無父母！甚至想告訴他：任是誰，都有老去的一天，即使是醫生，恐怕也無法倖免。

一位長輩，成天覺得懶洋洋的，不對勁的昏睡，走到那兒，睡到那兒，覺得苦不堪言。到醫院請教醫生，醫生尚未聽完病情，即不開心的訓斥她：

「你知道有多少人為失眠所苦嗎！你睡得好端端的，還不知足，真是！」

我母親因甲狀腺割除，得定期取藥。一日從醫院回家，悶悶不樂。她轉述前一號病患的遭遇，當老太太說明病症後，誠惶誠恐的請教醫師：

「你看！這有要緊嗎？會安怎？」

醫師立刻用譏諷的語氣回說：

「未安怎啦！只會死啦！會安怎！」

老太太生氣起來，大聲的回說：

「你這個人那安捏講話！」

母親亦加入聲援行列，指責這位年齡足夠做她們孫子的醫生口不擇言。醫生雖自知理虧，卻還死鴨子嘴，不肯認錯，猶悻悻辯稱：

「我哪兒說錯了？哪個人最後還不死的？妳說說看！」

過沒多久，聽說有人發起檢舉這位自認幽默的醫生，母親興奮的在文件上簽上名，她引述證嚴法師的話說：

「看病不只是看病，重要的是看病『人』！這是他應得的處罰！雖說他的醫術的確高明，可惜從未把病人當人，幾乎很少病人沒被他恥笑過！」

回顧這種種讓人頗不愉悅的就診案例，不禁要搖頭嘆息。當然，我們絕對無意打擊大部分敬業且熱忱的醫師，只是，在大部分消費者俱屬病痛纏身、灰心消極、亟需醫師仁心救治的醫院，只要還存在著一位缺乏醫德的醫生，便教人忐忑不安。

常見私人診所的牆上，掛著「仁心仁術」、「妙手回春」、「著手成春」、「濟世活人」、「醫德可風」的匾額，我們也真的期待所有醫學院的學生，都能在學會活人的「仁術」、「妙手」之前，先培養「回春」、「可風」的「仁心」與「醫德」，則病人幸甚也！

——一九九六年十一月二十一日

新舊

教了十多年書，對新舊時代的變化，感受最深。

剛開始教書時，見桌上擺了杯茶水，好不感激。問起何人殷勤幫忙倒茶，當事人多半害羞不好意思承認，端賴班上其他同學指認；過些年下來，情況略有改觀，倒水的學生已勇於舉手，含笑接受老師的道謝；接著，是旁邊的同學會為他討人情，鼓譟道：

「老師給他加分啦！」

這些年來，變本加厲，只要一問，全班爭相舉手，笑著高喊：

「我啦！我啦！老師加分啦！」

這其間當然是包含若干玩笑的成分在內，但也多少看出現今的學生確實與往日有很大的差異存在。前些天，上完課，正整理著桌上的講義，見一位學生幫忙收拾

麥克風，我低聲向他致上謝意，他亦言簡意賅的低聲回說：

「老師！我是五號！」

短短六個字，千言萬語盡在其間，我聽了，不禁錯愕不已。

東吳大學新蓋的教學大樓只有一部電梯，剛開始，電梯左旁牆上，張貼標語：「教職員工肢障同學專用電梯」，難堪的是，老師全看到了，學生全視若無睹。以致常看到最後一位上電梯的老師，因為電梯負荷不起，警鈴大響，學生安之若素，老師齜牙咧嘴、喃喃自語退出的場面。許多老教授，為免尷尬，乾脆自我調侃，亟需運動，提個大包包，氣喘吁吁的爬上七樓。

我曾見一位胖教授站進電梯裡，鈴聲大作，同學面面相覷，沒人願意出去。教授慢條斯理、篤定笑說：

「你們自己商量看看，誰要出去。無論如何，我是不出去的！」

一位靠門邊的學生，聞聲之後，吐了吐舌頭退出。鈴聲仍然不止，胖教授心不急、氣不躁的又說：

「一個哪夠！至少出去三個！」

電梯裡的人，無分老小全笑開了。於是，又退出兩位同學，電梯終於徐徐上升。站在電梯最裡邊兒的我，目睹了這一幕，真是對這位教授佩服得五體投地。這等氣勢，並非人人可得學之，其餘如我般不堪造就的教授，就只好自求多福了。

這件事，其實怪不得學生。因為，不久之後，你就發現，學校也開始從善如流，在那張標語的右手邊兒，加釘一張「請禮讓教職員工及殘障同學搭乘」的牌子，不知道是否錯覺，每次看到新改的標語，總覺這「請禮讓」三字，顯得垂頭喪氣。在消費意識高漲的現代，校園中的資源分配問題，開始挑戰傳統「君親師」的權威。

學生付費受教，教授領鐘點費教書，大夥兒各取所需，猶如商業行為，校園中的師生關係遲早只剩一紙契約，這本是預料中的事。可不知為什麼，想起這樣的變化，心裡總覺酸酸的。

一位朋友，憤恨的和我提起她的母子互動經驗。她慣常給兒子四十元吃早點。那天，正好沒零錢，她取了張五十元，要兒子找十元。兒子撒嬌耍賴，她順口說：「不行！親兄弟明算帳！」兒子無奈，從錢包中掏出十元遞給她時，居然說：

「好啦！找你啦！十塊錢給你去吃藥啦！」

她聽了之後，大驚失色。兒子辯稱是玩笑之辭，她花了幾個鐘頭的時間，和孩子解說其間的分寸。轉述給我聽的時候，她露出十分惆悵的神色，她猜測，孩子是不堪她的嘮叨而勉強同意她的指正，並非真的心悅誠服，因為，道歉過後的孩子，悻悻然拋下這樣的話：

「你們大人成天說要把我們當朋友，等我們真的把你們當朋友了，你們又受不了！平常，我們就是這樣跟同學說話的呀！」

值得注意的是，我在教書的大學生中轉述這件事，並當場做了一個小小的統計，驚訝的發現，覺得可以這樣和父母說話的男學生，居然高達男生人數的百分之七十以上，學生說：

「老師！這是開玩笑嘛！你們大人未免太沒有幽默感了！好玩而已嘛！」

一直自認為思想開明的我，每回回想起那日師生間的對話，也不覺惘惘然。新和舊，民主和威權，我們做大人的，就在其間擺盪：時而故示民主，時而難以放下身段。呀！呀！真難為了我們這一代在威權下長大的人呀！

——一九九六年十二月五日

拜金

報載涉嫌詐欺的宋七力獲准交保後，約有兩百多名信眾，分持鮮花，雙手合十，口唸「感恩本尊」，在臺北地院大門口迎接；部分情緒激動的信眾甚至當場跪倒。在事件喧騰過後如此之久的現在，信眾的熱忱仍不改當初，真是叫人咋舌！可見宗教的力量不可輕忽。

亂世中，一切不確定，不確定所帶來的不安，遠甚於真正恐懼的後果。小時候，在外闖了禍，回到家，天色已暗，母親總沉著臉、咬牙切齒說：

「先去吃飯！吃飽你就知！」

聽到這樣的話，總叫我心神不寧，寢食難安。其實，大不了就挨打或罰跪，母親若真把處罰方法明確說出，清清楚楚，我倒篤定了，可安心吃飯，也比較不那麼害怕！這種不確定所引發的恐懼，不管是小孩或大人都是一樣的。因此，人人期待抓住一點什麼，或找尋一個安身立命的所在，這時，宗教的神功便發揮了力量。

學術是可以討論、懷疑的，宗教則不然。你若對宗教尚有疑義，根本信不下去。所以，幾乎每種宗教都強調神功，很多信眾也都深信不疑，這本無可厚非，但若假借神功來斂財，便於法不容。但由陸陸續續被揭發的各項宗教事件看來，宗教之強烈向錢看齊，似已成為最新趨勢。一位朋友到南部某道場，見信眾紛紛為親友點燈祈福，她深受感動之餘，決定亦為婆婆點一盞長明燈。當她表明意願，並從口袋掏出三百元時，寺中的尼姑婉言告訴她：

「三百元太少了！現在點一盞長明燈至少得五百元。」

朋友當下愕然。才知並非人人可得祈福，眾生平等的觀念早就不流行了！宗教原來也積極向有錢人靠攏。

另有一位朋友，因為過世的父親頻頻在夢中喊冷，便和母親前去廟中請教師父，師父建議她們最好為其父作一場超渡法會：當她們問明一場法會需款八千，母女二人沒帶夠錢，正躑躅間，女兒提議：

「那麼，乾脆下次再來好了！」

師父一聽，急了！連忙危言聳聽的警告她們：

「這事兒能拖嗎！妳要讓你爸爸冷死啊！」

這不由得讓我想起七、八年前的一件事。那回，我們幾個朋友攜家帶眷下南部，結伴去一個道場參觀遊覽。我們沿山路前行，每駐足一殿，殿內比丘尼必輕聲細語問你要不要為親友點燈，給人怪怪的感覺，就像是在推銷什麼產品似的。到了其中一殿，小朋友高興的發現一臺奇妙的機器，只要投入十元，立即掉出一枚詩籤。孩子們臉頰紅咚咚，興奮的投錢、取籤按捺住雀躍的心，神情肅穆的排隊等候一旁的比丘尼解籤，站在邊上的大人全被他們的鄭重態度所感染。

解籤的比丘尼有兩位，約略十七、八歲的年紀。可能是長期工作的關係，或者是覺得孩子只需哄哄就行，並不當真。孩子煞有介事的仰起頭，滿臉好奇；比丘尼輕忽的取過籤，並不看，就熟溜的說：

「佛祖要你好好用功！上課不要亂講話。」

隨即將籤詩擲回。孩子搔搔頭，半信半疑走開。一排約莫小學一、二年級大小的孩子魚貫上場，兩位比丘尼邊彼此交談，邊取籤、解籤：

「昨天那個人好差勁！如果他再不識相，我就……佛祖叫你要早睡早起，讀書要專心。……說起來好笑，我自己也不好，不應該……佛祖說：不要讓媽媽生氣啦！……你有沒有注意到這幾天惠美師姐很不高興……啊！反正就是叫你乖乖的啦！不要貪玩……」

輪到一位在美國學校唸書的小朋友，終於發現了祕密。他提出了很務實的問題：

「你又沒有看籤！你亂講！你講的，寫在哪裡？」

唰的，比丘尼的臉飛紅起來，尷尬的辯解：

「上面說的啊！我看了啊！」

孩子不放過她，兀自固執的追問：

「哪一句？說要用功的是哪一句？你指給我看！」

這下子，比丘尼慌了手腳了，不知如何是好，幸好孩子的媽出來打圓場，帶走了孩子，才結束這一尷尬場面。我一旁看著，不禁對這孩子的求真精神肅然起敬，但也對寺方的生財之道留下深刻印象。

君子愛錢，取之有道。年輕的比丘尼失去了敬業精神，也忘記了十元的價值對孩子來說，無異於大人的千元大鈔。如果寺廟連孩子的零用錢都不放過，那麼，至少應先學會平等的真誠對待，否則，無異拜金，哪是拜神！

——一九九七年一月二日

效率

前日，為到龍潭，至臺汽客運臺北北站去搭車。事先，為減少時間的浪費，還先行打電話問明班次、發車時間。十點五十分的車子，一直等到十一點，毫無動靜。我按捺不住，去問。賣票小姐讓我找站長，播音小姐則說：

「十點二十分的車子拋錨，到十點四十才開，所以十點五十分這班就不開了。」

我聽了，瞠目結舌，不知這是什麼邏輯！只好轉到調度室請教。調度室的一位小姐漫不經心的說：

「那個時間表不準的啦！沒按時間表開車。」

這個答案更讓人吃驚了！原來行車表是鬧著玩的，當不得真！那麼，到底乘客必須等到何時才能搭到車子？小姐不耐煩的說：

「十一點二十分那班車應該會開吧！」

車子脫班，居然如此理直氣壯！既不必廣播周知乘客，亦毫無道歉的意思，在即將邁入二十一世紀的今天，還有如此老大的作風，真讓人不敢置信！行政革新的呼籲似乎全然沒有影響到這裡。最值得深思的是，和我同時在那兒等車的乘客，居然全認命的在那兒傻等，似乎並無怨言；相形之下，我的抗議顯得太大驚小怪。而車站內採光不佳、環境髒亂，站內現代化的電子儀表板不知是壞了？抑或備而不用？置身其中，宛然時光倒轉至三〇年代，怪不得它的效率只停留在農業社會，這一個黑暗的角落，幾乎與臺北市的進步相去三十年。這是怎麼一回事？

說到不講效率，幾乎讓人想到的都是公家機關。前些年，我和稅捐機關打過一次交道，留下一個很壞的印象。據說是不曉事的工讀生弄錯了，把我報上的稅，多扣了萬把塊錢。經過一番苦苦追查，稅捐處終於承認是他們的作業疏失，決定退還。就這麼個區區萬餘元的退稅款，由九月一直等到第二年的二月，仍然沒能發還。其間，我三番兩次催促，總是碰到不同的人接聽電話，我必須每次都如白髮宮女般，細說從頭，到後來，覺得自己真成了開元天寶年間的人了。為了萬餘元，頭髮白了、背駝了、聲音沙啞了，我簡直就瞧不起自己了！他們總告訴我：

「我是新來的，我不知道！不過，我會幫你查查看，如果是真的，我們會很快的退去給你，請你留下地址。」

做為一位堂堂正正的中華民國國民，我沒敢因此灰心喪志，仍然規規矩矩在二月將當年度的稅款繳了。繳完稅款後，我又悲傷的想起那筆可憐的退稅款，我決定不再畏畏縮縮，我要為真理奮戰！我學魔鬼訓練營的訓練，在屋裡長嘯三聲，給自己打氣。但是，當我再度拿起電話，那頭的小姐卻有了新鮮的說辭，她說：

「哦！這件事我知道。不過，現在我們的電腦全換上了新年度的繳稅資料，去年的資料全撤銷了，所以，我們現在沒法兒退給你了，要等到今年退稅時一起退了。」

我以為我的耳朵出了問題！又問了一次，那位小姐倒挺有耐性的，又複述了一遍。一股無名火驀地竄上心頭！我差一點失控的朝她說：

「你再說一遍！你們實在很過分哦！稅繳晚了，要罰錢；稅扣錯了，又退晚了，你們就完全不必負責任嗎？這還有天理嗎！如果我三天內再沒收到應得的退稅款，你就等著瞧！」

話說得很狠、很有魄力，但是，憑良心說，我哪有什麼能耐讓他瞧！我氣得掛了電話，繞室徘徊，連捶胸頓足都沒力氣，覺得自己變得很老很老。過了約莫十五分鐘左右，電話鈴響，一位男士彬彬有禮的說：

「很抱歉！您的退稅款，我們馬上寄給您，大概明、後天您就會收到，給您造成那麼大的困擾，實在很抱歉！請您不要生氣！」

雖然看不到對方的臉，但我阿Q的想像他正站得筆直，連連向我鞠躬，我也不好逼人太甚，便草草掛了電話。

第二天，我收到限時掛號寄來的錢，這次非常有效率。

這件事給我的啟示是：做人絕不能太軟弱！只有靠恐嚇，公家單位的效率才得以彰顯。啊！啊！這樣的啟示，足以叫善良的小老百姓頓時白了頭髮呀！

——一九九七年一月五日

變化

這個世界變化之大且迅速，小自個人的生老病死，大至整個世事的無常流動，常常讓人思之悵然。

母親最近老丟三忘四的，十分苦惱。她一向精明幹練，一直覺得世界就在掌握之中，一旦發覺許多事慢慢失控，體力漸衰、記憶漸失，不禁感慨萬千。她說：

「以前覺得一年不如一年，現在更嚴重，根本是一天不如一天！」

我聽了不覺悚然嘆息。生老病死的自然代謝，在年過四十後，突然灼灼的躍上生命的軌道，紅白帖子交相出現在信箱裡，每一張帖子，都代表一種關係的變化。有人黯然的從世界的舞臺退下，有人卻才摩拳擦掌的準備上場，猶如蛛網般糾結的人際，亦跟著這些變化重新洗牌、重作調整。變與不變，形成生命的姿態。有的變成婆娑的彩色，有的變成單調的黑白；不管你樂不樂意，世界便如此坦率、明白的展示它的毫無商量餘地的變化工夫。母親的嘆息是對天地不仁的控訴，是任誰都無法避免的無奈過程。我總安慰她：

「別老跟年輕時候的自己比，看看跟你同年齡的人，有幾個還能像你一樣，愛吃就胡亂吃，愛跑就四處跑的。別老和以前的你比！」

說完，我自己先就笑起來了。因為，就在幾分鐘前，我還苦口婆心的和女兒說：

「不必老拿別人來跟自己比，最重要的是跟自己的過去

比，看看是不是比以前多學了點什麼！」

到底日子應該怎麼走下去？挑戰自己？抑或和自己妥協？年輕和年長，知識的增長和體力的日衰，連生命的信條都得隨之調整變化。

日本知名的導演小津安二郎最擅長拍攝家庭劇，一生所導的家庭劇，大半在凸顯家庭制度的崩潰，強調流動世界的變動不居，這的確是個睿智的提醒。每天，我們都在流動的世界裡做著各式各樣的選擇：小自鞋襪的顏色式樣，大至婚姻、事業的決定。所有的選擇，不管如何精打細算，都帶著或多、或少的冒險性，因為，誰都不知社會的變化會走到哪裡！

大學時，宿舍同學流行一股回顧風，紛紛展示年幼時的相片。我亦不肯落人之後，但在那窘困的年代，連相片也極度鮮少，只有一張在家門口的照片，紮著兩條長辮的我，臉部表情十分可愛，但是腳下穿了雙代表窮困家境的黑布鞋，讓當時愛臉的我百般躊躇；幾度思量後，決定選擇用原子筆滅跡，將一雙鞋子塗成兩個奇異的方塊。結果，同學都不看我可愛的臉，只不停的追問方塊下的玄機。

多年之後，我重回母校授課，在校園餐廳中排隊吃自助餐，發現我又變成校園裡的異數，腳下的高跟鞋，又使我變成最落伍的人，而聽說現今最時髦的，正是當年我千方百計想要滅跡的那種黑布鞋。造化真是弄人，儘管我口乾舌燥的和孩子誇耀三十年前早已穿過如今堪稱最時髦的黑鞋，卻因查無實據，而無法取信於孩童。藍色原子筆底下的唯一能證明我曾先天下之「時髦」而「時髦」的黑布鞋，卻因為年少輕狂時一次失誤的抉擇，使得它永遠不能重見天日。我錯在錯估形勢，未能體悟千變萬化才是看似不變的世界的真貌。

臺語中的俗諺「無魚蝦也好」、「未曾吃過豬肉，也該見過豬走路」是物質世界變化最具體的證明：歌仔戲走入國家劇院、性心理學被公然搬上檯面來討論、一向被賤視的臺語成為臺灣社會的主流……在在都是精神文明變化最明顯的例證。現代人如果沒有調整出吸納百川的胸懷，若光看著今日社會諸多光怪陸離的各色變化，或光想著大自然眾親平等的摧枯拉朽工夫，準要被活活嚇壞！

——一九九六年一月三十日

貌相

那日清晨，穿過自強隧道，車子因紅燈而停駐。我游目四顧，目光不期然被隔鄰逆向道上一部嶄新的紅色車子所吸引。即使連我這般對車種毫無所悉的人，都可立刻判斷出是一部價值不菲的進口車。車身流線亮麗倒在其次，同樣停駐不動的車子內，車主的時髦、光鮮，令人忍不住要為之側目。正為賞心悅目而喝采之際，冷不防，三團被使用過後的衛生紙突然被擲出車外，真是讓人大吃一驚！一股憤怒的情緒驀地竄上心頭，我的手向門把伸去，正要推開車門、衝過短矮的行道花圃，將衛生紙丟回伊的車內，紅車已然悠游前行，留下滾燙憤怒的火燄陪伴著我。

這讓我聯想起一次高速公路上的驚魂記。是個夏日黃昏，我開車由任教的學校回臺北。一路上，和搭便車的同事聊著，也沒注意一部大型卡車正追逐著我們。等到我驚覺到此事時，已近五股交流道。大卡車不時用大燈向我眨眼，我不理他，變換跑道讓他，他卻只是固執的尾隨，偶爾和我並排同行，粗獷的司機對我做出誇張的口型，我嚇壞了！當是惡質路霸的無理騷擾，沒想到，一路跟蹤的司機居然在中山南路漫長的紅燈等待時，推開車門，趿著拖鞋、嚼著檳榔，敲我的車窗來了！整車的人都嚇死了，紛紛告誡我不能開門。我搖下小小一隙縫車窗，抖著聲音問他：

「幹什麼？」

那男人朝手上的紙袋吐了一口檳榔汁，然後朗聲說：

「小姐！你的方向燈是不是壞了？怎麼看你變換車道都不打燈，這樣在高速公路上很危險呢！你先試試右燈，我幫你看看……喏！果然不亮！再打左邊！壞了！真的壞了！回家要馬上去修哦，這樣太危險了！」

有著凶惡臉孔的魯莽司機，其實卻是個古道熱腸的漢子；而將自己打扮得光鮮亮麗的精緻女子，卻原來是光天化日下污染潔淨的道路也毫無愧色的厚顏之輩！俗諺說「人不可貌相」，前人一定經歷了無數次和我一般以貌取人的謬誤，才歸結出「不能光憑外表即斷定人類品質」的結論。然而，說歸說，不可貌相的呼籲卻往往還只是淪於貌相過後的痛省，人們很少記取先賢的教訓。

以前，我上班的幼獅公司在西門町，從窗口往下看，常常可以看到許多都會區光怪陸離的現象：落翅仔徘徊街頭釣凱子、攤販和警察大玩捉迷藏遊戲、黃牛沿街兜售戲票……閒來我們總喜倚窗眺望都會風景，並大加月旦。一日，走在路上，迎面一位戴著厚厚鏡片的溫雅老男人朝我微笑頷首，基於禮貌，雖然眼生，我仍回以微笑，誰知，此老翁竟快步趨前，用手肘撞擊我的前胸，並神色曖昧的低聲問道：

「一起去看場電影好嗎？」

我當他是博學的長者，他卻還我以落翅仔的羞辱！我聯想起或者在哪個高樓的窗口，也正有一雙注視的眼睛，我的狼狽尷尬已然成為他們茶餘的談資。從那刻起，我對看似溫厚的男人開始有了成見，以致引發了我一生當中一樁最無法彌補的誤會。

多年前的一個春天，早晨八點左右，我欲從中壢搭乘桃園客運汽車到中正理工學院去教書。剛穿過地下道，踏上候車地點，一位笑容滿面的中年男子，突然趨前對我說「早啊！」本當友善回禮的我，卻無端想起多年前那個相當不愉悅的記憶，我冷著臉，以「無聊」二字避開他。他愣了一下，又湊過來，不死心的搭訕道：「搭車呀？」我氣了，罵他「變態啊！」又走到旁處，不理他。車子就在這時來了，我上車挑了司機旁的位置坐下，那位男子只好訕訕然坐到後方去。到站下車後，我警覺到他亦步亦趨的跟蹤。下著毛毛雨，我加快腳程，沒想到他比我更快、更急，捱到我身邊，又說：「老師今天有課呀？」這下我可驚出一身汗了！我吃驚的端詳他，一邊仔細在腦海裡打撈記憶，他苦笑著提醒：「我是副院長啊！」撐著的傘差點兒跌落地上，我張口結舌，連道歉的話都說不出來，倒是他體貼的為我的糊塗找理由：「我不穿軍服，你大概都不認得了！」說完，他鬆了口氣般的倉皇辭去，留我一人訥訥的在雨中自言自語。事出倉卒，我完全不知如何向他解釋我的粗魯無文，從來沒有的懊惱使我舉步維艱。

那位副院長唯一的錯誤，是像西門町的老男子般，長了張溫雅且看似博學的臉孔。然而，幾年下來，他終於被證實是一位最名副其實的溫文長者，這個發現，更加深了我長久以來難以言宣的歉疚。每每在校園相遇，他含笑的表情總成為我最大的煎熬。

人到底該不該貌相？我迷惑了。

——一九九七年三月二十日

標語

從小，我們就生長在一個充滿標語的城市。不管是走在街頭或鄉間的小路上，猛抬頭，準可以看到一些標語懸掛在陸橋、電線桿或簡陋的佈告欄裡。由標語內容的變化及措辭的演進，最能見證臺灣民主運動的進程及社會思潮的更替。

早期的標語多半由公家製作，政府單位代表了無上的威權，所以，製作的標語也或多或少帶著那麼點兒老氣橫秋的教訓意味兒，如「保密防諜，人人有責」、「天乾物燥，小心火燭」、「反共抗俄，殺朱拔毛」、「星星之火，可以燎原」、「機關重地，不得進入」……等。自從「主權在民」觀念開始普及後，這種命令式的標語逐漸在前面加上一些敬語，如「前面施工，敬請繞道行駛」、「機房重地，請勿吸菸」、「土石鬆軟，請勿靠近」；而恍然大悟人民原來才是總統的「頭家」後，公家製作的海報或標語裡，突然謙虛起來，祈諒語紛紛出籠，如「施工造成不便，敬請原諒」、「服務不周之處，敬請海涵」，更有甚者，則呼籲受委屈的民眾直接提出檢舉。

有趣的是，早期標語多以宣導國家政令、注意社會安全等重大議題為主，而現代的標語則多著重個人生命財產的安全。以前除了「小心匪諜就在你身邊」外，就是「法古今完人，養天地正氣」，真正是「以國家興亡為己任，置個人死生於度外」；如今，除了提醒你所得稅繳交期限、春安演習業已開始、「心手相連，共度交

通黑暗期」外，到電影院內，會看到「注意逃生門」的標語；到醫院，則有「嚼檳榔容易罹患口腔癌」的看板；去海邊，請你「注意瘋狗浪」；往山巔，則「小心虎頭蜂」；行高速公路，「請繫安全帶」；騎機車則是「流汗總比流血好」；到處都可以看到「『醉』不上道」、「喝酒不開車，開車不喝酒」的標語，現代人的生命似乎在一夕之間變得有價值多了！

有別於早期公家所製標語，自主意識抬頭的現代人也有話要說，決定不讓政府單位專美於前，開始興致勃勃的加入製作標語的行列。耐人尋味的是，正當公家標語逐漸軟性化之際，私人標語相形之下，則顯得格外驃悍凌厲。

私人製作的標語，充分表現出活潑的生命力。語氣上，凸顯臺灣島上粗礪的人際關係和隱隱的不安特質；內容上，包括臺灣諸多難解的社會問題。注意心靈改造或想了解「民之所欲」的為政者，只要大街小巷走一遭，仔細看看這些標語，便不難掌握經營大臺灣的起始點。「在此小便者是小狗！」、「請發揮公德心，勿在此傾倒垃圾！」、「請勿亂發揮愛心，隨意餵食流浪狗！」反映的是環境污染問題；「私人停車場，外車請勿停放！」、「停車請勿超過此線，否則被撞爛不負責！」、

「車輛進出口，停車放氣！」呈現的是嚴重的停車位不足現象；「內有惡犬，請勿入內！」、「請勿攀爬，鐵絲網有高壓電」、「噴有農藥，吃死不負責！」、「進入室內，請脫下口罩」顯示的是嚴重的治安問題；而黑暗的巷道裡常有人用鮮紅的筆跡寫下「勿經此處，有色狼！」或「請結伴同行，小心色狼！」的斗大標語，印證了性暴力侵犯的潛在危機。

最值得注意的是，標語中所呈現出的口吻，有的像是尋求精神勝利的阿Q，有的是主張「以暴制暴」的遊俠，不管是哪一種，都顯示一副有志難伸的鬱卒模樣，對公權力的伸張，全然無有絲毫寄望。我看過幾則非常狠毒的標語：「不可在此傾倒垃圾，喪家可以。」、「在此小便，抓到去勢！」、「在此倒垃圾者絕子絕孫！」墨汁淋漓的毛筆字，讓人恍若看到血淋淋的後果，標語的口氣和字跡，充分表達了當事人的憤怒情緒。臺灣人開始生氣了！

從標語的今與昔，我們確實見識了臺灣幾十年來的民主進程與社會思潮更替！

——一九九七年三月二十七日

拒絕

在這繁忙的社會，學會拒絕是使生活不陷入泥沼的不二法門。可惜的是，「拒絕」這門藝術太難，很多人修習多年，都無法修成正果。

拒絕推銷是家庭主婦的首要課題。每到暑假，工讀生滿街跑，你只要惻隱之心略動，包你吃不完兜著走。有一年，暑假尚未過半，書房已堆了半間的衛生紙，當工讀生睜著天真無邪的雙眼又在門首出現時，我幾乎崩潰的求饒。一次，為喚醒他們的惻隱之心，我請他們參觀那個氾濫成災的房間，工讀生竟然不為所動，眨著無辜的眼睛，委屈的說：

「那你就那麼偏心啦！買了那麼多人的衛生紙，偏就不買我的。」

教了十餘年書，可謂「桃李滿天下」，從學生那兒固然得到許多快樂，但是，來自學生的壓力也最大。常接到剛就業的學生打來的電話：

「老師！我現在在××出版社擔任編輯，我們出版社最近即將推出一本新書，我拍著胸脯跟我們老闆保證，可以找到您來為這本書寫推薦文字，老師！在畢業前，您不是告訴我們，畢業以後，有什麼事都可以找您幫忙嗎！這是我的第一份工作，您若不肯幫忙，我就真的完了！您不會這麼狠心吧！」

我有選擇的餘地嗎？

演講場次已經超過預算了，又來了這樣的電話：

「老師！您還記得我嗎？我是您七年前教過的學生，我現在在××文化中心做事，那天我們主任提到要邀請您來演講，我很驕傲的告訴他，我是您的學生，我們老師最愛護學生，由我來出面邀請，萬無一失。老師！您不會讓我漏氣吧？」

您說，我又該如何拒絕！

據我多年的觀察與體會，常常拒絕失敗的人，多半比較虛榮，比較軟心腸。幾句恭維的話就能讓他失去理性；同情弱勢的結果就讓自己的生活陷入水深火熱。年輕的時候，忙著幫朋友及親戚的女兒寫情書；就業以後，雖然不當祕書，卻經常奉命為長官擬講稿；戒嚴剛解除時，學校好幾個士官長靦覥的請求幫忙寫家書，別說事關生死，就傳說你大小眼、看上不看下、只幫長官的忙，也是挺不名譽的，當然不敢推辭；鄰居有人過世，寫訃聞當然是義不容辭的事；夏天到了，親戚朋友的孩子考試，一大票人進駐考場附近的我家，不但無力拒絕，連眉頭都不能皺一下；出書時，要你送書是瞧得起你，拒絕是不近人情；媽媽家附近的鄉民代表要為村子裡的婚禮說幾句擲地有聲的話，媽媽打長途電話來代為請託，事關她的面子，誰敢說不！不夠狠又不夠精準的人，拒絕的話雖然說得悲壯，卻總是不夠果斷，因此，很快就會被來人抓住弱點、各個擊破，被自己的優柔寡斷淹沒。而更慘的是，勇於拒絕的人，大夥兒都說他有個性；怯於拒絕的人，偶爾一次的拒絕，卻常被四處張揚，大肆撻伐成冷血動物。

然而，經過了長久的挫敗，最近，我似乎也慢慢摸索到了一些竅門。前些日子，一位素昧平生的人，打電話來邀請我為一場學術討論會做評論人，我費盡唇舌跟他說明我的不適任：那篇論文探討的內容，非屬我的研究範疇，我雖然尚未看到論文，但可預料當無精闢意見可提供參考。這位朋友不信，花了加倍的時間來說明我是最佳人選，內容充滿不實的溢美。我聽了大吃一驚，認定他一定弄錯了人，正當要再加訂正，有電話插撥進來，那人當機立斷且鏗鏘有聲的說：

「就這麼決定了，不必再說！你另有電話，我不打攪了，再見！」

怪只怪我反應遲頓，錯失了先機，讓他搶先下了結論，可見「明快果斷」在「拒絕」這門學問中所占的分量。可我在掛斷電話後，越想越不對勁兒，於是，五分鐘後，我從容在電話中亦鏗鏘有聲的和他說：

「很抱歉！我剛剛翻了下行事曆，發現那天我另有一場討論會得參加，先約好的，抱歉無法應命！再見！」

我花了二十分鐘說真話，他不信；而只花了二十秒鐘說的假說，他倒二話不說的信了！這件事給我的啟示是：拒絕時，用假話比說真話來得快速而且有效。

總之，積數十年之經驗，深知欲達到拒絕之目的，必須掌握務實、狠心、果斷的要訣，必要時，說謊亦在所不惜。

——一九九七年五月一日

偷窺

白曉燕遇害，引起舉國人民對人際冷漠與治安敗壞的關注。值得注意的是，當事件報導後的幾天內，白家位於林口的住宅前，頓時蟻聚了一群又一群的民眾，扶老攜幼，對著白家掩閉的大門和深垂的窗簾高談闊論、欷歔歎息；有生意頭腦的攤販趁機大賺一筆，烤香腸、冰淇淋，甚至便當，都堂皇登場；媒體記者終夜守候，政治人物像風一樣飄過來、走過去，白家大門前熱鬧滾滾，形成一種奇異的景觀。

這不由得讓我回想起一樁往事。小學時，一架民航客機墜落在家裡附近的田地上，機上乘客無一倖免，田埂邊的竹叢上，間或有一隻胳臂吊掛。原本偏僻的農村稻田，聽說在事發後不到半個時辰間，即刻成為熱鬧的市集。此後一、二星期間，參觀者絡繹於途。黃昏時分，我放學返家，由閣樓上往下望，甚至看到遊覽車、賣冰棒、烤番薯的腳踏車魚貫出入，悲劇的現場，竟然荒謬的成為參觀遊覽的景點。

我的同學轉述血腥的現場狀況時，猶自舔著紅豔的糖葫蘆。年幼的我，對此種景觀留下十分錯愕的印象。

三十多年過去，臺灣的外匯存底締造足以驕人的佳績，而三十多年來屹立不變的是人們湊熱鬧的興趣、病態的偷窺慾，納悶的是，他們聚集在白家門口，到底期待看到些什麼？十二歲那年的疑問，如今依然沒能找到答案！

提高國家競爭力必須提升產品品質，是大家都知道的事。但當我們在頒發國家品質獎的同時，是不是更該痛下決心來檢視「人」的品質！我不是心理學家，不知道偷窺是不是人類正常的潛藏慾望，抑或根本是種病態，然而，就算是正常的潛藏慾望，但對如此不加節制的流露，總感到深惡痛絕！這分明是惡質文化的起始、人性的墮落。

中國人的偷窺慾，會不會是源於商鞅的連坐法，一直是我長久以來的疑問，是不是因為怕被連累，所以，知己之外，還必須知彼——跨越家門，直探鄰居的隱私，方能自保。其實，往深處探討，這樣的偷窺，如能做正向導引，亦符合守望相助、敦親睦鄰的期待，未始不是件美事。問題是，現代人的偷窺，總是耽溺於事後毫無建設性的湊熱鬧。平日裡，鄰里間則是以冷漠相對待，即使在密閉的電梯狹小空間裡，亦只是維持一張僵硬的面容，全無半點溫柔。這樣的都會倫理，正好讓宵小用來藏污納垢。

一個地窄人稠的城市，先天就容易有躁鬱的傾向，沒了愛和關懷，就更讓城市極速走向粗陋、不安、動輒得咎，然而，愛和關懷若不能落實在平日的食、衣、住、行裡，而徒然袒露於短暫且毫無節制的偷窺行為中，便只讓人感到嫌惡。

我曾經做一個實驗。垃圾不落地之後，在固定的時間，左鄰右舍，不拘男女，各拎著大包小包出門，走在闃黑的同一條巷道去傾倒垃圾，人人臉孔嚴肅，肢體僵直，間或聽到寥落的招呼聲，似乎也缺乏些真心實意。我鼓起勇氣，在倒垃圾的回程裡，向正吃力的蹣跚前行的陌生的鄰居老先生伸出援手：

「哇！太重了！我來幫忙一下吧！」

老人原本沉滯的臉，一下子線條上揚了起來。一迭聲的感謝過後，我們彼此站在路邊，互指自己的居處給對方看，然後，心情愉悅的互道晚安。從那之後，我勤於在巷道中和鄰人打招呼，雖然僅僅是短暫的交談，總讓我感受到有緣千里的快

樂。

前些天，一位在對門開著傳統小店的鄰居，特意前來向我辭行。違章建築的屋子，即將被夷為平地，這位太太手裡拈著新家的地址，天真靦覥的和我說：

「大家都是好厝邊，要搬走了，真是不甘！新厝租在板橋，有閒一定要過來坐坐哦！這麼多年的好厝邊！」

接過寫著地址的小紙條，一度我幾乎哽咽，倒不是真的那麼捨不得，而是覺得慚愧，她哪裡知道，在我們搬來的第一天，我便站在陽臺上，指著那幢破落的小店，嚴厲的告誡當時尚且年幼的孩子，絕對不許去她店裡買那些形跡可疑的糖果！如今，做鄰居的緣分已盡，卻意外的贏得這般熱情而誠意的邀約。

我將這張寫著地址的白紙仔細放進抽屜裡，也許，這輩子我們未必仍有機會相逢，但這張充滿情意的紙條，真的使我對這冷漠的城市重新燃起希望！

——一九九七年五月八日

廖玉蕙作品集 10

嫵媚

作者　廖玉蕙
繪者　蔡全茂
責任編輯　鍾欣純
發行人　蔡文甫
出版發行　九歌出版社有限公司
台北市105八德路3段12巷57弄40號
電話／02-25776564・傳真／02-25789205
郵政劃撥／0112295-1
九歌文學網　www.chiuko.com.tw
印刷　晨捷印製股份有限公司
法律顧問　龍躍天律師・蕭雄淋律師・董安丹律師
初版　1997（民國86）年7月10日
增訂新版　2012（民國101）年3月
定價　280元

書號　0110710
ISBN　978-957-444-817-3
（缺頁、破損或裝訂錯誤，請寄回本公司更換）

國家圖書館出版品預行編目資料

嫵媚 / 廖玉蕙著. – 增訂新版. --
臺北市：九歌, 民101.03

面； 公分. -- (廖玉蕙作品集 ; 10)

ISBN 978-957-444-817-3(平裝)

855 101000057